SEX SHOP

Ivan Angelo

SEX SHOP

• MISCELÂNEA LIBIDINOSA •

((Sumário))

POEMINHA SAFADO
ARANHA 6
TEOREMA 7

(conto) A coisa e o coisa 8

Pensando no assunto
Um? Dois? Três 14

POEMINHA SAFADO
CONCERTO 24
TATURANA 25

Pensando no assunto
O prazer de cheirar 26
O prazer de ver 33

POEMINHA SAFADO
AÇOUGUE 46
ALMOÇO CASEIRO 47

Pensando no assunto
Tapas, toma lá dá cá 48

POEMINHA SAFADO
SEMANAL 60
CONSOLO 61

Pensando no assunto
Antes só do que mal-acompanhado 62
Revelações de um concurso de contos eróticos 66

POEMINHA SAFADO
INACABÁVEL 72

(conto) Doutor Gabriel, 10 anos 74

Pensando no assunto
A cidade do pecado 82
Amor a varejo 87
Brochar é humano 94
Quanto é bom pra você? 96

POEMINHA SAFADO
CPI 99
ALMOÇO 100
MÊNSTRUO 101

Pensando no assunto
Sem vergonha 102
O tamanho do problema 105
De homem para homem 109

POEMINHA SAFADO
PAPAI MAMÃE 112
CONVERSA 113

Endereços do desejo
Os seios 115
O monte de Vênus 122
Aos pés 126

(conto) Lindo lindo 134

Sobre este livro 147

POEMINHA SAFADO

ARANHA

entre colunas
de mármore
a aranha

entre colunas
de ébano
a aranha

entre colunas
de barro
a aranha

peluda
fabricando
seu cuspe
nas dobras
dos palpos

POEMINHA
SAFADO

TEOREMA

sexo atrai sexo
na razão direta das massas
e na razão inversa
dá pra negociar

conto

A coisa e o coisa

— sua coisa — ele começou a dizer, e não teve palavras. Tinham combinado esculpir com palavras os instrumentos da sua luxúria, torná-los tão concretos quanto as coisas mesmo, como os poetas imagistas haviam tentado. Deu um tempo, dias, ensaiou, meditou e retomou sua fala:

— Fui ao garimpo buscar palavras para moldar a sua coisa. Um negócio é estar com ela, sobre, sob, dentro, contra, entre, junto, aspirá-la, alisá-la, dedilhá-la, titilá-la, tateá-la, comprimi-la, apalpá-la, roçá-la, degustá-la, explorá-la, lambuzá-la, penetrá-la, esticá-la, entupi-la, distendê-la, socá-la, encharcá-la, sentir sua umidade, pressão, quentura, tesura, textura, musculatura, sabor, odor, humor, e outro bem outro é falar sobre ela. A sua coisa se divide em duas para ser uma, e é uma de par em par. A sua coisa se divide para poder se fechar, e assim guardar o mais secreto de si mesma: a bainha e a frutinha. Mas não se guarda por avareza, é o contrário: bainha gulosa pelo gládio que a completa, frutinha ansiosa. No poder fechar-se está sua magia, porque só fechada pode abrir-se. Abrir-se é dar-se, quase. Fechada é geometricamente simples, triângulo que desaba no vértice mais agudo. Aberta é múltipla geometria: elipses, anel, cilindro. Fechada, um risco denuncia a fenda; aberta, se exibe em gomos, furo e úvula. Fechada, densos pelos fulvos a escondem. Não, não escondem: são eles que primeiro capturam o olhar; ver a mata já é ver a coisa. Aberta, a fulva pelúcia torna-se moldura, delimita um como que rosado molusco que hipnotiza o olhar e oferece ao dedo sua goela sedosa. Finíssimo óleo fabricado por ela mesma torna brilhante a pele interna rosa-vivo-avermelhado da sua coisa. E não só brilhante: também escorregadia e gentil. É o modo que ela tem de proporcionar, para si e para o convidado, um passeio mais agradável por sua dobras, gomos, uva e goela. Tocada, a sua coisa se toca, e a cada toque se acrescenta de si mesma, engorda. E quanto mais se acrescenta, mais em seu óleo se alisa. É então que o almíscar das essências se anuncia. Impossível não atender ao apelo de aspirá-lo, na fonte. É um cheiro animal que, sabendo-se de onde veio, se busca como flor e se beija: flor. O gosto da sua coisa, no começo, é o gosto do cheiro. Aos poucos é o paladar que se sobrepõe, e a boca se entretém na consistência. Macia, dócil às pressões, a sua coisa se deixa explorar, desde as inchadas bordas ao interior do vão. Acima – ou abaixo, conforme o ponto de vista –, o pícaro sentinela que vigia a porta começa a responder às continuadas provocações. A língua intrusa e o guardinha se parecem, na textura, na cor, na sensibilidade e na recepção e transmissão de sensações, mas são diferentes: uma não para quieta, o outro é atento e passivo. Logo logo está o pequeno guarda teso, esperto, tenso, à beira de um ataque de nervos. Quem o vê, tão pequeno, não o imagina poderoso, seu colapso é origem de terremotos, tremores, descargas e vazamentos no todo de que é parte. A sua coisa, egoísta e generosa, gulosa e guloseima, quer mais. Sabe receber, agasalha o pouco e o muito com o mesmo justo aconchego, sem humilhar ninguém. Dadivosa anfitriã, oferece sucos e calor humano. No seu ambiente, é impossível definir o que é melhor: se o calor, o aconchego ou o movimento. Provavelmente, são essas as melhores qualidades das coisas irmãs da sua. Tanta gentileza acaba em êxtase. A sua coisa se revela então avara: treinada, ordenha aquele que a alimenta, exaure com apertos toda a seiva. Depois, agradecida, não despreza – muito pelo contrário, vai-se amoldando ao minguante visitante. Até que o deixa ir e se fecha, novamente secreta, encaracolada coisa visível e invisível."

– A sua coisa – ela disse para ele, mais direta e menos complicada, palavra mais fácil – a sua coisa não é fácil de engolir. É claro que eu gosto mais dela assim, ela é inclusive mais útil assim, porque mole é apenas um tubinho de fazer xixi, não é? Quando eu digo a sua coisa, penso no principal, mas ela não é uma sem os dois que a compõem. É o mistério desta santíssima trindade: uma só coisa em três coisas distintas. Do que eu gosto dela quando está em repouso é da fragilidade. Fica até discreta. Ela tanto tem de discreta, mole, quanto de escandalosa, dura. Por isso que os pintores e escultores clássicos preferiam mole. É mais harmoniosa, mole. A fragilidade da sua coisa mole inspira cuidados: é com a mão em concha que eu apanho a trinca, é cheia de dedos que eu mexo o principal para lá ou para cá, devagarinho, é com delicadeza que eu fecho ele na mão. Parece pintinho, mesmo. Quando você se move deitado, a sua coisa, flácida, tem movimentos lentos e graciosos, se deita, se encosta, se entorna para um lado. Quando você anda pela casa, ela marcha no seu ritmo, esquerda, direita, esquerda, direita, imitando o dono. Com você deitado de costas, o conjunto é preguiçoso, derrama-se. As bolinhas ficam como que soltas em sua bolsa, ela também largada, folgada. De quatro, ele se pendura como teta caprina, sugere mamar. A pele em todo ele é macia, delicada, mais escura do que no resto do corpo, e isso é estranho porque a sua coisa não pega sol. Tem um detalhe: não se pode brincar com ela. Leva a brincadeira a sério, cresce pra cima da gente. Como acontece com Alice no País das Maravilhas, quando come aquele biscoito e de repente não cabe mais na casa, a sua coisa começa a crescer e não cabe mais na boca, na mão. E aí, engraçado, ela muda completamente, até de personalidade. E você muda junto, a sua coisa começa a te comandar. Você e sua coisa, tão doces, se tornam impetuosos, dominadores, às vezes tirânicos. Ela pulsa como um coração, veias aparecem ao longo do talo. A pele fica mais clara, depois de distendida. A bolsa também muda, fica cheinha, encorpada. O que eu gosto nas suas uvas é que elas nunca estão verdes. A cabeça intumescida da sua coisa se salienta do corpo como uma rolha de champanha, porém lisa e delicada, pele finíssima. Na testa, um olho solitário se abre ameaçador. Nessa altura, ela já dispensa todo cuidado no trato. Tem força e quer força, medir forças. Não mais um pintinho que se agasalha na concha da mão, é um galo nervoso de pescoço levantado querendo briga. Não quer mais dedinhos e lábios delicados tocando flauta, quer socar e ser socado. Do olho cego da sua coisa começa a minar um oleozinho almiscarado que alisa ainda mais a delicada cabeça. Indiscreta e atrevida, sua coisa aponta para o que quer: orifícios. Rija, adquiriu o poder de penetrar. Ela mais desliza para dentro do que entra. Dentro, é meio difícil dizer como é. Tudo contribui para tornar a estada agradável, não há atrito. Mas essa é uma qualidade mais da casa do que do hóspede. Ou é dos dois. Então. Dentro, parada dentro, ela enche sem entalar. É como, é como... é como ter mordido um pedaço de banana maior do que podia: a boca está cheia mas é bom. Ficando bem quietinha, pode-se sentir a coisa latejando lá dentro, um coração batendo. Mas o que a sua coisa menos quer nesse momento é ficar parada. Também não é possível saber o que é o melhor da sua coisa nessa altura, se o volume, o calor ou o movimento. Acho que são os três juntos, mesmo porque se faltasse algum deles não daria certo. E a sua coisa ainda tem algo mais, tem o que fica de fora, badalando nas redondezas. No começo, a sua coisa parece que está brincando de ir e vir ou subir e descer, mas depois de algum tempo ela fica determinada, tensa, mais rija ainda, mais inchada. Então ela afunda e estremece em estocadas curtinhas, muitas, regurgitando. Depois, dá um tempo descansando e começa a diminuir. Quando sai, é por si mesma, por falta de tamanho pra continuar dentro. É de novo um pintinho no ninho da minha mão, molhado.

— A sua coisa tão linda tem uma porção de nomes feios, mas para mim o nome dela mais querido é peludinha.

— O seu coiso também tem nomes vulgares e alguns bem horríveis, mas o nome lindinho que eu dou pra ele é xoto.

— Eu às vezes me surpreendo pensando nela como se fosse você, como se vocês fossem duas. Quando eu sinto falta de você, não sei se é de você.

— Quando eu quero você, com certeza não sou a filósofa, a professora, eu sou coisa, a peludinha.

— Eu não sou o poeta, sou esta coisa, a piroca.

Conversa vai, conversa vem, o coisa roçou a coisa, emaranhou-se, esfregou-se, aqueceu-se, inflamou-se, cheirou-lhe o cego vizinho, lambuzou-se, aninhou-se, afundou-se, deleitou-se, agitou-se naquela que o relava, ralava, escovava, afagava, umedecia, melava, aconchegava, abrigava, engolia, espremia, embalava, constrangia, ensopava – e apaziguaram-se, sempre felizes para.

Pensando no assunto

UM? DOIS? TRÊS...

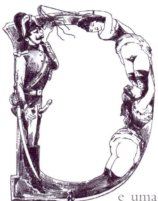e uma cidade tão inesperada quanto Monte Carmelo, Minas Gerais, chegou à redação da revista *Playboy* no ano de 1989 uma carta com esta consulta: "Sou casada, vivo superbem com meu marido. Mas tenho sentido desejo de praticar *ménage* – eu, ele e outra mulher. O que está acontecendo comigo?" A oferta e a procura desse tipo de relação é cada vez mais frequente nas salas de chat das redes sociais da internet no mundo inteiro.

Que está acontecendo? A pergunta da mineira de Monte Carmelo vale para todos. Certamente essa novidade não é novidade. Embora o termo *ménage à trois* designe hoje uma relação de três pessoas numa cama, ele circula há séculos na língua francesa com o sentido de "casal de três" – casa e casal divididos por três, sem que necessariamente se embolem na cama ao mesmo tempo. Certamente embolar-se na cama em grupos de três era praticado então, antes e depois, mas só agora é feito com a ajuda objetiva, franca e eficiente da internet e dos pequenos anúncios de certos jornais e revistas. Um famoso devasso inglês de 150 anos atrás, da época da rainha Vitória, conhecido apenas pelo pseudônimo de Walter, autor de *My Secret Life* (clássico no gênero, de 2360 páginas), conta que, para formar um trio numa cama, pedia à amante do momento: traga outra moça, ou um garoto, ou uma menina, uma virgem impúbere, uma negra, um negro, um homem. Na sua vida de casado era careta. Hoje, um casal casado pode conseguir facilmente um parceiro sem fins lucrativos, basta um clic, um telefonema. E é esta facilidade, a possibilidade real de satisfazer uma fantasia secreta, que mexe com a cabeça de casais, amantes e namorados regulares.

Na verdade, só mexe com quem já está mexido. A maioria abafa desejos, sublima, no dizer freudiano. Quem está mesmo a fim sempre procurou e sempre acha: "loiras ou morenas claras p/ brincadeiras a três", ou "loiro, ótimo nível sociocultural, procura casais casados", ou "mulher, bi ou não, até 40 a., meiga, feminina, p/ iniciar minha esposa na troca de carinhos" – diziam alguns dos anúncios do classiline da Revista da FSP de 24 de maio de 1999. Saboroso o uso do respeitoso termo "esposa" neste contexto.

Por que se juntam estes casais de três? Explicações de linha antropológica, sócio-eonômica e psicológica não faltam. Estudiosos dos comportamentos humanos vasculharam nas bibliotecas os significados do amor a três mesmo nos casos em que a relação não chega à cama, mas tem intensidade e clareza simbólicas indiscutíveis. O rei Artur dos romances de cavalaria e sir Lancelot não saem ilesos desta perseguição dos analistas da História. Textos medievais da saga da Távola Redonda, como o *Lancelot en Prose* e o *La Mort du Roi Arthur*, dão muitas pistas. No primeiro destes livros, assim que Artur bate os olhos no jovem cavaleiro que chega ao reino de Camelot, e que se idetifica como Lancelot du Lac, a beleza juvenil deste magnetiza o rei. Mais tarde, refeito da viagem, esplendidamente vestido, Lancelot senta-se junto de Artur e da rainha Guinevere, sobre a relva. E aí:

"O rei olha-o com grande prazer; se ele lhe havia parecido belo ao chegar, aquilo não era nada perto da beleza que via agora". (Em francês medieval é mais bonito: *Et li rois l'esgarde moult volentiers; s'il li avoit semblei biax en son venir, noiens estoit envers la biauté qu'il avoit ore.*)

O desejo que nasce entre Lancelot e a rainha não é menor do que aquele que se insinua entre o rei e ele. O triângulo é o símbolo do amor cortês, ou seja, o amor na corte medieval romanesca, em que a dama serve de espelho para o amor do jovem cavaleiro pelo senhor e deste por ele; ao mesmo tempo, o jovem goza da sedução feminina, enquanto a dama goza tanto do poder quanto da adoração. Vale a pena transcrever um trecho do que diz a historiadora Christiane Marchello-Nizia no livro *História dos Jovens, da Antigüidade à Era Moderna* (Companhia das Letras) sobre os amores nas cortes da Idade Média europeia:

"O papel essencial da sedução que a dama exerce sobre o jovem é realmente colocá-lo a serviço de seu esposo; e o resultado da sedução que o jovem sem posses exerce sobre a dama casada é a metonímia da sedução que na verdade ele exerce sobre o marido, o rei. A dama aparece aqui necessariamente como um terceiro, ela encobre, e portando autoriza, uma relação de sedução, de dileção e de serviço ligada à estrutura da sociedade medieval".

Sabe-se: a sociedade medieval é uma sociedade de homens. A Távola Redonda é uma mesa de homens. Um texto anônimo do século 12, *Lai de Grealent*, citado pela autora acima, relata uma cena que não está nos outros livros do ciclo do rei Artur: todos os anos, nas noites de Pentecostes, o rei reúne seus cavaleiros em um banquete, ao fim do qual manda que a rainha Guenevere tire a roupa, suba num banquinho e se mostre, e então pergunta aos barões se algum deles já havia visto mulher mais bela. Que significa isso? Que o rei usa o poder de sedução da rainha para acrescentá-lo ao seu poder; ela é a mediadora do poder.

A capacidade de Lancelot de apaixonar homens é confirmada com o gigante rei Galehot, "senhor das Ilhas Longínquas", que só não destrói o reino de Artur por amor a Lancelot. Supondo que Lancelot morreu, deixa-se matar e seu epitáfio diz «que por amor a Lancelot morreu» (*qui por l'amour de Lancelot morut*). Ao morrer de fato, Lancelot pede para ser enterrado no túmulo de Galehot, não no da sua amada Guinevere.

O triângulo na vida humana começa na primeira infância, segundo Freud. A criança disputa o amor da mãe com o pai, o rival. A rivalidade passa a ser o padrão pelo qual agimos. Aprendemos com os outros a desejar alguma coisa. A criança deseja o que outra criança tem. Assim vamos aprendendo a querer não a coisa em si, mas o desejo do outro, porque o outro tem o que desejamos. (O dom Juan é uma eterna criança que ama o desejo de outro, ama o que outra pessoa ama.)

Tudo isto se esconde no fundo do nosso desejo, quando adultos. A competição, a possibilidade de que outro deseje e ganhe nosso objeto de desejo é que o mantém. Daí, também, o ciúme. E daí a necessidade que temos de um outro. Porque precisamos dele para amar. Embora isso não aflore sempre, é sabido que quando alguém se engraça com quem é da gente, nosso desejo pelo que é da gente aumenta.

Exemplo: Calvin Klein, homossexual, namorava Kelly Rector, sem cama. Foram apresentados ao ator Warren Beatty numa festa em Los Angeles. Beatty cantou Kelly, com bons frutos. Calvin sentia atração por Beatty. Enciumado, foi para a cama com Kelly e a partir daí tornou-se seu amante. Casaram-se três anos depois. A história está contada no livro *Obsession*, nome também de um dos perfumes de Klein.

O crítico literário francês René Girard, estudando o amor romântico, desenvolveu brilhantemente a ideia de que todos os enredos do amor romântico são desejos triangulares. Quando não é um rival que açula o amor é alguém que desempenha um equivalente papel ameaçador. Girard o chama de "desejo mimético" porque é igual ao do rival, e a relação dos dois é tão fundamental quanto; o amante romântico precisa do rival. Deseja um rival, e teme-o.

Vamos voltar para a cama. A fantasia masculina de compartilhar sua mulher com outro homem sugere que a maior emoção é entre os dois homens, diz Freud num ensaio sobre o ciúme, a paranoia e o homossexualismo. A partir daqui seguimos sem Freud. Na cama, o "outro" do triângulo materializa-se, não é mais um fantasma ameaçador. O perigo da sedução diminui, porque ele, o dono, está ali para controlar; é ele quem autoriza. A redução da angústia relacionada à sedução da "sua" parceira pelo outro, e ao ciúme, é um alívio para ele . Na verdade, o que ele sente sub-repticiamente é seu próprio poder sobre a mulher: ele domina até a relação dela com um amante. É mais ou menos o que acontece numa peça teatral transformada em divertido filme francês nos anos 50, *Le Cocu Magnifique* (tradução livre: O Corno Magnífico), em que um homem desesperado de ciúmes bota toda a aldeia a trepar com a mulher para não ser atormentado mais pelas dúvidas sobre a sua infidelidade. A fantasia da mulher de compartilhar "seu" homem é espelhada, semelhante.

O que Freud estava pretendendo era reafirmar seu ponto, de que todos somos naturalmente bissexuais. Somente quando se torna uma fixação isto é patológico. Numa relação de três na cama é óbvio que a bissexualidade se manifesta e muitas vezes domina o ambiente. Depende.

A formação de um trio sexual funciona assim: quem está realmente interessado na triangulação escolhe a terceira pessoa de acordo com a sua fantasia. O homem pode chamar outro homem ou uma mulher. Quando escolhe um homem, ou tem fantasias homossexuais (mesmo que não ouse atuar), ou procura resolver confusos sentimentos de ciúme produzindo um rival sobre o qual tem controle. Se escolhe uma mulher, satisfaz uma tradicional fantasia masculina de ver duas mulheres transando (há nisso também, claro, conteúdo homossexual), ou quer dar show de testosterona, em fantasia exibicionista.

Se é a mulher quem decide, e escolhe outra mulher, satisfaz suas fantasias homossexuais ou manipula seu ciúme, oferecendo ao companheiro uma rival. Ao eleger um homem, fantasia ser disputada por dois e comida pelo que escolher. Reproduz a situação de quando não era ainda "presa" a alguém. Não é comum escolher um homem esperando vê-lo possuir o marido.

Marjorie Garber, professora de literatura inglesa de Harvard, observa no seu livro *Vice-versa* (Editora Record) que um trio sexual formado por dois homens e uma mulher é perturbador para a sociedade patriarcal porque é "claramente bissexual", ao passo que duas mulheres e um homem é um "trio que conota 'domínio' e masculinidade (para os homens), e também excesso voluptuoso". Ela falava sobre os Estados Unidos, mas é também a composição mais frequente no Brasil. É uma bravata nos bares de executivos.

Há quem não acredite nessa história de bissexualidade nos trios. Acha que pode ocorrer mas não é regra, e que isso é elaboração de intelectuais tipo Freud, Girard, Lacan, Foucault, Garber e de militantes da bissexualidade, tipo Madonna. Um desses discordantes é o terapauta americano Arno Karlen, que costuma atuar nesses programas de entrevistas de casais na TV a cabo, autor de um livro sobre o assunto, chamado *Threesomes*, trios, com o subtítulo *Studies in Sex, Power, and Intimacy*, estudos sobre sexo, poder e intimidade.

"Os trios não implicam contato homossexual, mas ele é potencial à situação", diz Karlen. No seu livro ele entrevista 50 pessoas que participaram de trios sexuais alguma vez ou são praticantes habituais. O doutor acredita que seus entrevistados buscam nos trios situações de *poder* e de *intimidade*. Eis algumas das coisas que eles dizem:

Um homem: "Para mim, o principal prazer num trio não era comer uma e depois a outra, e sim que as três pessoas se inter-relacionassem. Era especialmente excitante se as duas mulheres tivessem relações homossexuais. Aliás, nenhuma das garotas tinha antecedente homossexual. Nossos trios foram uma introdução para todas elas. Para qualquer pessoa, aproximar-se de sua natureza erótica implica homossexualidade. Eu nunca fiz triângulo com outro homem; quase cheguei a fazer na época, mas percebi meu preconceito contra isso."

Uma mulher: "Se você ama alguém, é maravilhoso vê-lo satisfeito, e o único modo de ver é com uma terceira pessoa. É como se nosso eu se expandisse. Porém eu prefiro ser a amante do que ser a esposa."

Uma mulher: "Com um parceiro, há amor entre duas pessoas; quando você abre, são três. Talvez você não possa amar o mundo inteiro, mas a porta se entreabre por um minuto quando você consegue amar sem ciúme ou posse".

O dr. Karlen: "Muitas mulheres participam de trios principalmente para ter uma experiência homossexual." Ainda ele: "A maioria dos trios envolve duas mulheres. Quando ocorrem trios com dois homens, geralmente os homens se revezam com a mulher ou lhe dão prazer simultaneamente, sem contato homossexual. Ouvi falar de sexo ocasional entre homens em trios e grupos orgiásticos, mas nenhum relato do amor caloroso que muitas mulheres trocam nessas situações." Ele concorda integralmente com a outra parte das teorias sobre o amor a três, e o vê como "tentativas de controlar o ciúme mantendo a competição à vista e mais ou menos sob controle", e acha que alguém doar um parceiro ou parceira eventual à companheira ou companheiro "costuma ser um gesto de prerrogativa e poder".

O doutor acha que a formação triangular não tem nada a ver com o *swing* de casais, que chama de "excursão turística", diz que seus praticantes são conservadores brancos de classe média, participantes de clubes de convenções e eventos fechados, como "um Rotary Club cheio de tesão". Já a turma dos trios é, para ele, inconformista.

Alexander Portnoy, divertido personagem masturbador de um romance hilariante, *O Complexo de Portnoy*, do americano Philip Roth, relata para seu psicanalista como é estar lá numa situação dessas. Na Itália, ele e a namorada haviam catado uma prostituta na rua e levado para a cama, e de cara a reveladora atividade do dedo da namorada deixou-o atordoado:

"Posso descrever melhor o estado em que entrei em seguida como de *ocupação* sem alívio. Cara, como eu me ocupei! Quero dizer que simplesmente havia coisa demais a fazer. Você vai para cá e eu vou para lá – certo, agora você vem para cá e eu vou para lá – tudo bem, agora ela vai por ali enquanto eu vou por aqui, e você dá uma meia volta em torno disso aqui... e a coisa foi por aí, doutor..."

Talvez seja exatamente essa ocupação intensa que atraia os praticantes, sem prejuízo das motivações psicológicas que possam ter. Considerando estas, a citada dra. Garber divide os adeptos em três tipos:

1) os que gostam da *estrutura*; o triângulo é mais erótico para eles do que cada um dos elementos que o compõem;

2) os que gostam da posição de "terceiro", de quem reivindica o direito de interferir; e é um jogo que pode ser feito por qualquer dos três, um de cada vez;

3) os que gostam de trocar de posições, quebrando barreiras de gênero e de sexualidade; em vez de fazer o jogo senhor/escravo, homem/mulher, vice/versa apenas entre duas pessoas, as combinações com três são mais numerosas e sutis.

Embora sejam comuns as situações triangulares no cinema, são raríssimas as cenas, mesmo insinuadas, de três numa cama. Um dos filmes que vai mais longe nisso é um musical, *Cabaret*, de Bob Fosse. Uma canção faz a propaganda: *Dois é melhor do que um / Mas nada é melhor do que três*. O mestre de cerimônias Joel Gray conta a piadinha: "– Quero você para minha esposa" "– Ora, o que a sua esposa vai querer comigo?" Depois, Liza Minelli, Michael York e Helmut Griem dançam juntos no salão da mansão, numa cena carregada de insinuações e erotismo, aproximam-se para o beijo triplo, fusão...

Outro filme, *Henry and June*, conta com boa carga de erotismo a situação real vivida pelo escritor Henry Miller, sua mulher June e a escritora Anaïs Nin.

O filme que trata do tema com maior delicadeza e certo tom romântico é o francês *Jules et Jim/Uma mulher para dois*, de François Truffaut, em que Jeanne Moreau dividia-se com dois amigos. Lá, nos anos 60, Jim (o ator Henri Serre) já podia dizer a Catherine/Moreau: "No amor, concordo com você, um casal não é ideal".

Humor não falta para colorir a situação. Até de Woody Allen: "Sexo entre um homem e uma mulher pode ser maravilhoso – desde que você esteja entre o homem certo e a mulher certa." Ou da atriz inglesa Maureen Lipman: "Nenhuma trepada é da conta de ninguém, a não ser das três pessoas envolvidas".

POEMINHA SAFADO

CONCERTO

toco trombone de vara
ele diz
dó ré mi fá sol lá si
ela toca na vara

POEMINHA
SAFADO

TATURANA

o que é o que é
cabeludinha
cabeludinha
mas não queima

Pensando no assunto

O PRAZER DE CHEIRAR

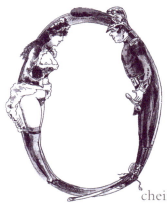cheiro dos genitais, da pele, do pescoço, das roupas, das axilas, do suor, dos seios, das coxas excitou centenas de personagens masculinos e femininos em séculos de literatura, bilhões de amantes em milênios de embates. Há uma ligação direta entre cheiro e prazer. Aroma e sabor são palavras que indiciam delícias. Pessoas resfriadas não comem bem. E não transam bem. Sem os cheiros, sentimos apenas os quatro paladares básicos – doce, azedo, amargo, salgado –, combinados com sensações táteis de temperatura e textura. Temperos são aromas, cheiros. As sensações do paladar e do olfato criam no cérebro o sabor. Para captarmos um cheiro é necessário que uma fonte emita moléculas odoríferas que, ao penetrarem em nossas narinas, são turbinadas e aquecidas e aprisionadas no muco da mem-

brana olfativa, onde são processadas pelas células receptoras, e essas informações vão direto para o cérebro, que as compara com aquelas arquivadas em sua memória e imediatamente identificamos: maçã, ou jasmim, ou xota.

Perfumes do corpo e perfumes acrescentados ao corpo estão ligados ao amor e às suas celebrações há milênios. Piadas de mau gosto sobre o cheiro do sexo das mulheres ou versos apaixonados sobre o perfume perturbador que dele emana varam séculos. Até nas lendas indígenas brasileiras do Alto Xingu é possível encontrar uma graciosa história do cheiro das xotas, recolhida por Carmem Junqueira, antropóloga da USP. Conta a lenda que Kuát, o sol, e seu irmão Iaí, a lua, pegaram um pequi maduro no pequizeiro e acharam sem aroma, sem graça. Chamaram então duas mulheres, as lindas Kaiauiru e Kuñatin e disseram: "vocês têm cheiro gostoso na tamã, passem o pequi lá". As jovens foram para casa, passaram o caroço de pequi na tamã (vulva), tornaram a fechá-lo na fruta. Chamaram Kuát, que abriu e cheirou o pequi e exclamou: "Agora está bom!"

Mulheres que cheiram homens começam a revelar esse gosto, na nova onda de franqueza sexual que circula nas redes sociais. Na seção *Mulheres*, da Playboy, já era comum as garotas dizerem coisas assim: "o odor é o melhor atrativo, sempre" (atriz Alexandra Marzo, em maio/98); "tem de ter aquele cheirinho gostoso de macho" (modelo Nana Gouveia, outubro/98). Há na Internet um site só de depoimentos de centenas de pessoas do mundo inteiro sobre a sensualidade dos cheiros do corpo humano, depoimentos onde se leem frases como estas: "Para mim, a parte mais excitante do sexo é o odor natural do corpo da mulher" (Índia); "Certas mulheres louras exudem o que afirmo ser a fragrância mais maravilhosa do mundo" (EUA); "Adoro o cheiro de meu marido e meu depois do amor" (EUA);

"Perfumes & desodorantes são legais no trabalho, ou em público, mas na intimidade não há cheiro mais sexy do que as axilas, e área anal e vaginal de uma mulher" (EUA); "Acredito que os melhores cheiros são os matutinos" (EUA); "Gosto de beijá-lo depois do sexo oral, quando meu cheiro e o dele se misturam" (Canadá); "Gosto de usar a camiseta dele quando está trabalhando, para senti-lo junto de mim" (Austrália); "o cheiro de um homem suado é um dos maiores baratos que conheço" (Austrália). O endereço do site é *http:// www.yoni.com/loverf/scentofyou.shtml*

Escritores naturalistas do fim do século dezenove, europeus e brasileiros, como Émile Zola e Aluísio Azevedo, botaram cheiros de sexo no amor, que os românticos haviam espiritualizado e idealizado. O devasso inglês vitoriano "Walter", autor do clássico erótico *My Secret Life/Minha vida secreta*, verdadeiro Charles Dickens dos costumes sexuais da segunda metade daquele século na Inglaterra, escreveu muito sobre os cheiros da orgia, o "aroma luxurioso do sexo", ao longo dos 11 volumes de suas memórias, e anotou: "Os escritores franceses dizem que ele atiça os sentidos e mata a prudência".

Nem sempre, porém, os odores mais apreciados no amor são os do corpo. Nas civilizações mais antigas já se usavam perfumes que os disfarçavam ou a eles se somavam. Algumas essências, como o olíbano, o almíscar, a civeta, a mirra, o aloé, o âmbar cinzento, o cinamomo, ou a mistura de algumas delas, eram consideradas afrodisíacos. Mulheres bíblicas como Rute, Ester e Judite são citadas usando óleos com esses aromas. Na Bíblia, no livro dos Provérbios (7:17-18), a adúltera chama o amante: "Já perfumei o meu leito com mirra, aloés e cinamomo. Vem, embriaguemo-nos com as delícias do amor, até amanhecer; gozemos amores". E no *Cântico dos Cânticos*, poema da Bíblia atribuído improvavelmente a Salomão, todo ele tresandando essências, se lê: "o meu amado exala o seu perfume. O meu amado é para mim um saquitel de mirra, posto entre os meus seios".

Esse detalhe do saquinho com erva aromática é interessante: mulheres do Egito antigo também o usavam. Curiosamente, o costume era usá-lo enfiado na xota. Uso, aliás, reencontrado na França do século 18, onde os hábitos de higiene eram sabidamente raros. A cultura sexual da Índia antiga, que deu de presente ao Ocidente o *Kama Sutra*, criou também uma salada de aromas chamados tântricos. Tantra é um sistema filosófico, psicológico e cosmológico indiano, milenar. Seu princípio básico é a união dos opostos em todos os níveis do ser e do saber, para formar a unidade, o todo. Assim, a sinfonia de delicados aromas aparentemente opostos para uma noite de amor tântrico é composta de um toque de nardo nos cabelos, de patchuli nas faces e nos seios, de jasmim nas mãos, de açafrão nos pés, de sândalo nas coxas e de almíscar nos pelos pubianos. É o ritual recomendado pela seita Kula.

Cientistas estão procurando razões para esses costumes. Parece que os romanos tinham razão ao juntar certas comidas a sexo em suas orgias. O neurologista de Chicago Alan Hirsch mediu o fluxo de sangue em pênis humanos em resposta a vários odores, e constatou um aumento que chegou a 40% relacionado a cheiros de alimentos, entre os quais bolo de canela, pizza de queijo, chocolate, baunilha, morango, hortelã e carne grelhada.

Um livro que aborda muitas das pesquisas feitas nos EUA sobre cheiros humanos e sua influência na sexualidade e em muitos hábitos inconscientes da espécie humana é *The Scent of Eros*, de James Kohl, pesquisas que lhe permitem afirmar: "Odores podem acelerar a puberdade, controlar o ciclo menstrual das mulheres e mesmo influenciar tendências sexuais. Ajudam-nos a estabelecer a diferença entre amantes, familiares e estranhos, a aproximar mães e filhos. Afetam a frequência com que fazemos sexo, e a escolha de com quem. Influenciam a maneira como o cérebro se desenvolve, como nos lembramos e como aprendemos." Na base das pesquisas está um grupo de moléculas que não foram identificadas ainda nos seres humanos, os feromônios. São moléculas invisíveis, voláteis, que muitos animais usam para comunicar aos do sexo oposto que estão a fim de uma perpetuação da espécie. O macho da mariposa pode «cheirar» o recado da fêmea a vários quilômetros de distância, segundo já constatara o naturalista francês Jean-Henri Frabre, em 1870. Em 1959, o químico alemão Adolf Butenandt identificou um álcool secretado pelos insetos, extremamente volátil, cujas moléculas viajam no vento. Deu-se a este composto o nome de feromônio (palavra cujos termos gregos significam "que transfere excitação") e começou aí uma verdadeira caça ao cheiro do desejo. O objetivo é ganhar milhões de dólares com a descoberta do tesão em frascos.

Descobriram-se feromônios de várias espécies. Seu uso na lavoura permitiu reduzir o uso de agrotóxicos, substituídos por armadilhas, a que os insetos machos são atraídos para ser eliminados. As armadilhas para baratas têm o mesmo princípio. Apesar de alguns laboratórios de perfumes alegarem que sintetizaram o feromônio humano, cientistas não comprometidos com a indústria não endossam a descoberta. Quem pesquisar *pheromones* na Internet verá quanto interesse comercial existe em meio a pesquisas universitárias.

De onde vem aquele cheirinho do sexo humano? O do homem vem dos fluidos da próstata (constituem 38% do sêmen), dos fluidos das glândulas de Cowper, que neutralizam qualquer acidez de urina por acaso presente na uretra que pudesse eliminar espermatozoides, e do hormônio testosterona, que dá o cheiro almiscarado a toda a mistura. O da mulher vem dos fluidos das duas glândulas vulvovaginais, das parauretrais, do colo do útero e de secreções da vulva. Hormônios estão presentes nesses fluidos. O estrogênio (de *estro*, desejo, e *genos*, origem ou tronco ou raça, no caso significando origem do desejo ou gerador do desejo) torna o odor e a textura da mulher atraentes.

Cheiros são a leitura que nosso cérebro faz das moléculas voláteis de substâncias orgânicas. Porém, feromônios são cheiros que nem sentimos. Explica a doutora Theresa L. Grenshaw, autora de um livro sobre a bioquímica dos hormônios, *A Alquimia do Amor e do Tesão* (Record, 1998): "Nós não sentimos o cheiro dos feromônios da maneira como sentimos o cheiro de pão fresco ou de perfume, mas registramos o odor em algum nível do cérebro e respondemos a ele emocional ou fisicamente — sem qualquer percepção consciente de que o catalisador seja um *cheiro*."

Interessante nessa história dos feromônios é que podemos estar sendo fisgados por alguém sem sabermos. E mais: quem fisga também não tem consciência de estar fisgando. Provas? Há indícios, captados por pesquisas feitas nos Estados Unidos, algumas até bizarras, em que os principais interessados são as indústrias de perfumes e cosméticos. A "síndrome do dormitório feminino": mulheres de um dormitório coletivo começam a sincronizar seu ciclo menstrual, acredita-se que por efeito dos feromônios que se desprendem de partes de seus corpos. Numa outra experiência, mulheres de ciclo irregular chegaram à normalidade em alguns meses, depois que cotonetes embebidos com suor masculino foram aproximados de seus narizes três vezes ao dia, sem que elas soubessem o que era aquilo. O grupo de controle, que não recebeu o estímulo, continuou irregular. Uma cadeira na sala de espera em um lobby na Universidade de

Birmingham, borrifada com androsterona (hormônio masculino, o primeiro a ser descoberto, em 1931) era escolhida habitualmente pelas mulheres, enquanto os homens a evitavam. Estudos indicam que até escolhas genéticas podem ser feitas por odores que nem percebemos, como a pesquisa da dra. Ober, de Chicago, relacionando cromossomas a escolhas olfativas, pesquisa feita com 411 casais da seita huterita (anabatista, criada pelo reformista Jacob Hutter no século 16), que vivem na Dakota do Sul, EUA, cujos membros se casam entre si e não têm problemas genéticos. Livros sobre feromônios, ou que abordam o assunto, são hoje numerosos. Acredita-se que os feromônios se desprendem das axilas, dos pelos pubianos, dos seios, dos lábios superiores, do ânus, da vulva e do prepúcio.

Enquanto uns cientistas pesquisam comportamentos com relação a cheiros, perceptíveis ou não, outros investigam os compostos, hormônios e secreções em laboratório, à cata dos feromônios humanos. Diz-se que a espécie, ao longo da evolução, embotou o sexto sentido que possibilitaria a captação consciente dessas essências que viajam pelo ar e afetam o comportamento animal, para defesa, agressão, fuga ou sexo. Entretanto, acredita-se, o órgão receptor continua lá, na parte mais alta das narinas, de cada lado do septo, num minúsculo grupo de células nervosas do órgão vomeriano nasal (OVN), e continua ativo, embora com importância diminuída. Sabe-se, já, que as mulheres têm maior capacidade de captar cheiros, e sabe-se por quê – é que têm no organismo quantidades bem maiores de estrogênio, importante para o olfato – e que os homens adultos têm maior capacidade de produzir cheiros. Talvez seja por isso que os adolescentes masculinos evitam o chuveiro: uma forma inconsciente de espalhar feromônios e anunciar que estão na praça.

O PRAZER DE VER

rigor, todo mundo é voyeur.

Se quisermos tornar mais precisa essa frase um tanto apoteótica, poderemos dizer: todo mundo que usa roupas é voyeur. Essa ideia fundamental está contida no mito bíblico de Adão e Eva. Primeiro, "estavam nus, e não se envergonhavam". Depois que perderam a inocência, abriram-se os seus olhos: "percebendo que estavam nus, coseram folhas de figueira, e fizeram cintas para si". E nunca mais foram os mesmos.

Ver aquelas partes que as roupas cobriram passou a ser um desejo humano; desejo cada vez mais escondido quanto mais severas tornavam-se as restrições; e o desejo estendeu-se a mais partes do corpo quanto mais partes as roupas cobriam; e realizá-lo tornou-se uma tentação, um desafio, uma rebeldia, mesmo quando a vitória é secreta, conseguida a custo de paciência e camuflagem. Satisfação íntima, doce vitória. O prêmio é extra se as partes secretas avistadas estão em uso.

No passado dos descobrimentos, quando um povo vestido encontrava um povo sem roupas, os olhares eram certeiros, avaliativos, demorados, devassadores, como atesta a carta do voyeur Pero Vaz de Caminha, que só não é mais saborosa do que as próprias graças que descreve: *"bem novinhas e gentis, com cabelos muito pretos e compridos pelas costas; e as suas vergonhas, tão altas e tão cerradinhas, e tão limpas de cabeleiras que, de as nós muito bem olharmos, não se envergonhavam. (...) E uma das moças era toda tingida de baixo a cima, daquela tintura, e certo era tão bem feita e tão redonda, e sua vergonha (que ela não tinha!) tão graciosa a que a muitas mulheres da nossa terra, vendo-lhes tais feições envergonhara, por não terem as suas como ela"*. Deu-se tempo, o sacana, para ver que as coisinhas eram mais fechadinhas, menos peludas, e tempo para compará-las com as das damas portuguesas.

Os diários de bordo do capitão James Cook, descobridor inglês de diversas ilhas do Pacífico Sul, também falam desse encanto de seus marinheiros com a nudez e com a visão de casais copulando sem constrangimento nas praias e sob as palmeiras. A ideia da nudez como paraíso estava também em Camões. No canto nono dos Lusíadas, os deuses resolvem proporcionar uma pausa refrescante aos cansados navegantes portugueses e botam no caminho deles a Ilha dos Amores, onde encontram frutas frescas e um bando de ninfas nuas banhando-se. Umas fingem que se escondem, outras que correm, "aos olhos dando o que às mãos cobiçosas vão negando" e, afinal, se entregam prazerosas.

O caso histórico mais explícito, pode-se dizer o caso inaugural do moderno conceito de voyeur, é o do alfaiate inglês que não resistiu à tentação de ver desfilar nua pelas ruas a bela mulher do duque Leofric, de Coventry, na Inglaterra, há cerca de 1000 anos. O duque cobrava pesados impostos dos moradores, e sua mulher, Lady Godiva, intercedeu por eles, pedindo uma redução. O marido desafiou-a: só se ela cavalgasse nua pelas ruas de Coventry. Ela certificou-se de que ninguém na cidade olharia sua nudez e aceitou o desafio. No dia, a cidade ficou deserta, todas as portas e janelas fecharam-se, só se ouvia o lento patear do cavalo que a levava. Um só, apenas um morador não resistiu às ganas de espreitá-la, furtivamente, pela fresta da janela: o alfaiate Tom, castigado depois com a cegueira e o desprezo dos cidadãos, que o apelidaram de Peeping Tom (do verbo *peep*, que significa espreitar). Até hoje, na língua inglesa, este apelido é um sinônimo para bisbilhoteiro e para voyeur. O dicionário Webster define o *peeping Tom* como "pessoa que tem prazer, especialmente prazer sexual, de observar outras de um lugar em que fica escondida".

No Brasil, adotamos a palavra francesa, *voyeur* (do verbo *voir*, que significa ver), usada pela Psicologia no século 19 para designar a pessoa que se excita sexualmente com a visão da atividade sexual alheia ou de órgãos sexuais alheios, e *voyeurismo* para o hábito de se excitar desta maneira. Alguns dicionários registram também mixoscopia como sinônimo de voyeurismo, mas o Dicionário de Sexo, editado pela Ática, restringe esse termo a quem gosta de ver o parceiro transando com outra pessoa.

O vocabulário inglês é maior nessa área. Além de adotar as formas francesas para referências mais acadêmicas, desfila objetos e atitudes ligados à palavra *peep*, usada no mundo inteiro para designar os shows furtivos de sexo. Na vasta oferta visual de hoje, *peep show* designa aquele espetáculo em que a pessoa se esconde numa cabine para ver vídeos ou cenas eróticas ao vivo através de uma janelinha. A ideia é a mesma da fresta da janela, do buraco da fechadura, do furo na parede, do binóculo: espreitar sem ser visto.

Sigmund Freud deu um nome ao prazer sexual de olhar: escopofilia. Para ele, olhar o corpo é uma antecipação natural do ato sexual, um meio de excitação, de escolha da área e de confirmação da beleza do objeto sexual. Não considera patologia o prazer de ver, a não ser que este se restrinja à genitália, ou à produção de excrementos, ou "quando suplanta o alvo sexual normal, em vez de ser preparatório para ele". Sublimado, pode se voltar para a contemplação da arte, o prazer estético (as pessoas se demoram diante da escultura *O Beijo*, de Rodin); reprimido, pode resultar no fetichismo. Freud constrói a teoria de que o fetichista do pé era aquela criança que queria olhar o sexo da mãe olhando por debaixo da saia; não tendo coragem de subir o olhar, parou nos pés, nos sapatos. Freud sabia que a atividade sexual necessita de molhos e temperos. Diz ele: "as pessoas normais podem substituir durante um bom tempo o alvo sexual normal por uma dessas perversões, ou arranjar-lhes um lugar ao lado dele". Afirma que em nenhuma pessoa sadia falta "algum acréscimo ao alvo sexual normal". A fixação e a exclusividade nele é que é patológica.

As religiões cristãs não tocam no assunto. Na época em que o pecado da luxúria por "pensamentos, palavras e ações" atormentava os fiéis, não foi feita referência ao gozo de ver. O Levítico, espécie de código civil e penal do Velho Testamento, não fala disso. São Paulo só condenou explicitamente os fornicadores, os adúlteros, os homossexuais (*masculorum concubitores*) e os masturbadores. São Tomás de Aquino condenou, na Suma Teológica, quatro pecados carnais: masturbação, coito com animais, coito em orifício não natural e coito com sexo impróprio. Para o teólogo dominicano Antonino, do século 15, os delitos sexuais eram nove: fornicação, estupro, violação, adultério, incesto, sacrilégio (fazer sexo com padre ou freira), masturbação, coito anal e homossexualismo. O prazer de olhar o ato sexual alheio ou os apetrechos que nele se envolvem não é mencionado por nenhum deles.

Qual a origem da censura social? Qual é o problema? Por que não pode? Quem disse que não pode? Onde está escrito que não pode? Por que se faz escondido? Freud explica.

A graça está no escondido. Uma intimidade que todo mundo pode ver não nos pertence, simbolicamente. É de todos. Daí a importância do buraco da fechadura, do binóculo e dos seus simulacros equivalentes: a cabina do *peep show*, o escuro do cinema. Etc.

Um psicólogo poderá dizer que a principal substância do prazer de espreitar são desejos infantis não resolvidos. Sim, há algo de infantil nisso: o refúgio, a magia de estar presente e ausente, a desnecessidade de participar da cena, o jogo peralta. É possível que estes conteúdos continuem presentes no voyeur ingênuo, naïf. Mas o grupo que comercializa esse desejo voyeurista é tudo menos infantil: compreende claramente o seu papel; conhece o material oferecido; associa aquela atividade a outras. O grupo que consome compara e classifica o que espreita segundo seu critério pessoal de qualidade: degusta o particular e não o geral, ou seja, as texturas, dobras, volumes, diferenças, desempenho; sabe que aquilo mexe com inconscientes interdições na sociedade, mas não é crime, nem pecado, é apenas "feio".

O fornecimento de material para o voyeur movimenta milhões de pessoas e bilhões de dólares na indústria, no comércio e no setor de serviços. Revistas, gibis, livros e jornais, na indústria gráfica; filmes e vídeos na indústria audiovisual; games, chats e exibições on-line na internet; e salas de espetáculos, lojas, bancas, pontos de venda, de locação, teatros, clubes...

Os cinemas dos centros decadentes das grandes cidades brasileiras foram tomados por igrejas evangélicas ou pelos filmes pornôs, a partir dos anos 1980. Ou Deus ou o diabo. Era e é o que há de mais barato para o voyeur sem dinheiro. Existem alguns especializados em filmes gays. Várias casas de strip barato tentam atrair passantes no Centro de São Paulo. Até apelos a bilheteira-porteira faz, na avenida São João: "Dá uma força pras meninas, ajuda elas, moço". Como se fosse caridade.

A cena é dos anos 80, 90, 2000... Os que têm algum dinheiro podem ver *stripteases* de moças bonitas ou pessoas não profissionais fazendo sexo em várias casas noturnas em São Paulo. Quem quiser leva a namorada ou mulher e pode namorar ou transar na frente dos outros, que também poderão estar transando e vendo. Se der uma louca na companheira e ela quiser fazer *strip*, tudo bem. Outras casas têm palco para performances de *striptease* e sexo explícito de profissionais. Em uma cassa de *peep show* na avenida Pompeia, os frequentadores olham atentamente as meninas sentadas na sala espelhada, avaliando, compram fichas valendo um minuto cada, chamam a sua preferida, vão para a cabina indevassável, ela vai para a saleta-palco, eles põem as fichas que fazem levantar um visor que dá para a saleta, ela tira a roupa, eles pedem posições pelo interfone e não dá para muita coisa, as fichas se esgotam...

Além de todo esse visual negociado a bom preço, há o farto material que o voyeur incontrolável capta de graça nas ruas, nos metrôs, nos ônibus, nas escadas, nas praias, nos provadores de roupa das lojas: coxas, peitinhos, costas, barriguinhas, entrevistos pelos vãos de minissaias, decotes, miniblusas, tops, cavas, aberturas, minishorts, biquínis, ou volumes balouçantes desnudados com os olhos através de sedas e cambraias. Canta em todas as rádios populares o conjunto É o Tchan: *"Tá de olho no biquinho do peitinho dela / Tá de olho na marquinha da calcinha dela"*. Jorge Benjor canta *"Em fevereiro, tem carnaval"*. É quando a nudez vira paisagem.

Além do espetáculo que a rua e a moda (esse jogo entre exibicionistas e voyeurs) oferecem, há aquele que o espião de binóculos furta, devassando apartamentos. Desde luneta com zoom que aumenta 15 vezes até telescópio que aumenta 600 vezes, tudo vale para o voyeur de minúcias.

A oferta de fotos e imagens eróticas não é coisa de hoje. No Rio, em São Paulo e Santos do começo do século 20 já se viam moças nuas em pelinho. Brancas europeias eram oferecidas em postais, filmes e espetáculos "pornográficos". Um pioneiro negociante desse material em São Paulo foi Victor de Mayo, autuado em 1901 por vender "vistas ofensivas à moral". A sua Casa Paris ficava na rua São Bento, a principal da cidade. Quando, em 1902, ele franqueou a casa "às famílias e ao público em geral" para verem as novas vistas vindas da Europa, foi preciso polícia para segurar a multidão, que "queria precipitar-se para dentro da sala e isso num berreiro terrível que dava a ideia de um grande conflito", segundo o Correio Paulistano de 16/4/1902. A polícia apreendeu o material.

Uma europeia de nome estilizado, Sar Phará, dançava de peito nu no Eden Theatre para os nossos vovôs voyeuristas. Em outra temporada, no teatro Politeama, ela aparecia envolta num manto, cantava uma canção, depois abria o manto e se oferecia em nudez total e frontal, em 1912.

Uma egípcia, parece que legítima, de nome Bela Abd-el Kader, fazia dança do ventre sem top no Moulin Rouge. Nu total, à luz de "fortíssimos refletores", acontecia no Casino Paulista, segundo o memorialista Cícero Marques, testemunha ocular. O delegado Rudge Ramos apreendeu todo o lote de filmes "obscenos" que eram exibidos clandestinamente, após as 23 horas, no Ideal Cinema, em 1912. O mesmo delegado apreendeu os filmes de nudez e sexo que o Savoia Theatre, do bairro do Bexiga, exibia escondidinho após as sessões normais.

Um devasso inglês que ficou anônimo, mas que se supõe ser o nobre Sir Henry Spencer Ashbee ou um certo capitão Walter do exército de Sua Majestade, deixou nas suas memórias, *My Secret Life/Minha vida secreta*, um testemunho dos comportamentos sexuais no longo reinado da rainha Vitória (1837-1901). Voyeur alucinado, em todos os hotéis de toda a Europa ele procurava e encontrava buracos nas paredes para espiar o quarto ao lado. Tudo que via o excitava, fossem momentos de abandono desnudo, de higiene íntima ou de atos sexuais. Gostava de admirar, estudar e descrever as intimidades das suas parceiras, imaginando talvez leitores voyeur.

Contemporâneo seu e também atleta sexual foi Victor Hugo, que deixou um diário pouco revelador e apenas vaidoso das suas conquistas. Gostava também de espreitar, mas isso não aparece na sua obra. Já Balzac se trai, deliciando-se em descrições espáduas e colos femininos. Como esta cena de uma festa, em O Lírio do Vale: *"Meus olhos foram bruscamente tocados pela brancura das espáduas roliças, sobre as quais eu teria desejado poder rolar, espáduas ligeiramente rosadas que pareciam corar, como se se sentissem nuas pela primeira vez, pudicas espáduas que tinham uma alma e cuja pele acetinada brilhava à luz, como um tecido de seda. Estas espáduas eram divididas por um sulco, ao longo do qual correu meu olhar, mais atrevido do que minha mão. Ergui-me palpitante para ver o corpete e fiquei fascinado com um colo castamente encoberto com um véu, mas cujos globos azulados e primorosamente redondos estavam delicadamente acomodados em ondulações de renda".* Félix, o jovem personagem, não resiste e beija as costas da desconhecida Henriette.

O discretíssimo Machado de Assis cria um adolescente voyeurista-fetichista no conto Uns Braços: *"Nunca ele pôs os olhos nos braços de D. Severina que não se esquecesse de tudo".* Põe a culpa na mulher, por *"trazê-los assim nus, constantemente".* Tanta excitação só porque as mangas terminavam meio palmo abaixo dos ombros, mas que braços!: *"belos e cheios, em harmonia com a dona"... "e assim os foi descobrindo, mirando e amando".* Aguentava a trabalheira, a grosseria do patrão e a solidão *"pela única paga de ver, três vezes por dia, o famoso par de braços".*

Numa fase da vida, meninos vivem perturbados e ávidos à cata de oportunidades como essa, tentam ver irmãs, primas, tias, vizinhas no banho ou trocando de roupa, escondem-se para ver namorados nos muros e nos carros. O estilista Giorgio Armani disse à revista italiana *Sette* que fazia moda por ser voyeur, desde menino; gostava de ver incessantemente as tias e a mãe tomando banho, vestindo-se.

Outro grande escritor fascinado pelo tesão de olhar foi Nabokov, que no romance *Lolita* desfila vários lances espreitando ninfetas, maravilhosamente escritos: *"no metrô, uma colegial de cabelos cor de cobre ficou agarrada à alça diante do meu assento, e a revelação de uma ruiva penugem axilar que então me foi oferecida ficou correndo semanas a fio em minhas veias".* Nesta outra passagem, em meio a movimentos masturbatórios, contempla Lolita de maiô: *"minha belezinha deitou-se de bruços, revelando-me, revelando aos milhares de olhos arregalados do meu atento sangue, as omoplatas ligeiramente salientes, a curva aveludada ao longo da espinha, a intumescência das firmes e estreitas nádegas cobertas de preto, o longo vale das coxas juvenis"*. Duas adaptações de *Lolita* para o cinema, uma ótima, de Stanley Kubrick, outra ruim, de Adrian Lynne, não captaram o sensualismo perverso e autoirônico do texto.

O cinema é uma arte voyeur. Nisso concordam muitos. A cineasta brasileira Carla Camurati disse certa vez que faz cinema porque é voyeur, o olho da câmara é um bisbilhoteiro da sociedade. O mais saboroso filme de tema voyeur sem erotismo é sem dúvida *Rear Window/A janela indiscreta*, de Alfred Hitchcock, em que o fotógrafo James Stewart, de perna quebrada, preso numa cadeira, passa o tempo olhando as janelas dos apartamentos através da teleobjetiva de sua câmara, até que presencia um crime.

Muitos outros filmes clássicos de bons diretores tematizam o voyeurismo, como *Blow up*, de Michelangelo Antonioni, *Dublê de Corpo*, de Brian de Palma; o não muito bom, mas dentro do tema, *Sliver/Invasão de Privacidade*, de Phillip Noyce, com Sharon Stone bem pelada, antes dos cortes; *Kika*, de Almodóvar, em que um rapaz vê o estupro da namorada através de uma luneta; *Paris-Texas*, de Wim Wenders, em que Natassia Kinski é uma garota de *peep show*.

A pintura, antes da fotografia e, lógico, antes do Cubismo, foi a grande fonte de apreciação estética do nu. Quadros como *Susana e os Anciãos*, em que velhos espiam a moça no banho, ou *Vênus e Vulcano*, ambos de Tintoreto (século 16), agitaram a nobreza da época pela voluptuosidade das figuras femininas. Dois séculos depois, a sociedade espanhola saboreou a nudez sensual da Duquesa de Alba oferecida em pintura por seu amante, Francisco Goya, no quadro *La Maja Desnuda*.

Atualmente, a grande oferta e procura de material voyeur, leve ou pesado, é feito pela internet. Antes dos primeiros anos 2000, quando os celulares ganharam câmeras fotográficas e os grupos das redes sociais se assanharam no visual, essa busca excitada era feita nos pequenos anúncios dos jornais e revistas.

Pessoas se oferecendo para transar com as mulheres de maridos voyeurs. Mais escondidos, mas presentes, eram maridos procurando um parceiro para transar com suas mulheres, enquanto eles assistiam. Pelo telefone eram definidas preferências, condições, e marcados encontros entre quem queria transar sendo visto e quem queria ver transar.

No Classiline, da *Revista da Folha de S. Paulo*, a oferta e a procura eram constantes, em português estropiado: "Casado − Inexperiente, 59kg, 49a., vazectomizado. Procura casais, que o marido seja voyeur". Sob o título "Rapaz para casais" publica a mesma revista: "Homens que desejam ficar observando eu ser carinhoso c/ sua esposa s/ participar, serão aceitos c/ muito prazer". O contato era feito através da linha 900, a R$ 2 por minuto.

Em novembro de 1998, os classificados do fórum *Ele Ela* traziam dois animados anúncios de maridos voyeurs, um de Curitiba, outro do Rio. Um: "Marido adora vê-la fazendo amor com outro homem". Outro: "Marido tem a fantasia de ver sua mulher se exibindo, sendo bolinada ou até mesmo transando com outro homem. Pensamos em amigos, mas tememos a revelação". E pedem cartas.

No número do dia 30 de novembro do Classiline, quem respondesse ao anúncio de um casal de brancos procurando homem para "fantasias sem homo", ao acessar a caixa postal 4608 ouviria uma firme voz masculina dizer em gravação: "Nossa fantasia é ver a Cida nos braços de outro homem, de preferência negro ou mulato escuro.

Ela tem 1 metro e 74, 76 quilos, olhos verdes, boca carnuda, seios pequenos e firmes, quadris largos, coxas grossas, bumbum generoso. Aguardamos seu telefone para contato." Mulheres também publicavam esse tipo de anúncio. No mesmo dia, lia-se: "Procuro mulher bonita e discreta p/ realizações de fantasias junto c/ meu marido. Eu, 23a, ele 40a."

Atribuía-se o voyeurismo apenas ao homem. A partir dos anos 1990, o prazer feminino de olhar foi escancarado. No Clube das Mulheres, que funcionava na Avenida Henrique Schaumann, em São Paulo, garotões faziam *strip tease* até os limites da sunguinha, só para mulheres, e isso foi tema de telenovela da Globo em 92, *De Corpo e Alma*. Mulheres eram 30% da frequência do *peep show* carioca Miami Show Center, em Copacabana, segundo Regina, mulher do dono alemão. Em alguns *clubs* dos Estados Unidos, a apreciação não se limitava (e não se limita) ao visual, estendia-se ao tato e ao paladar...

Não quer dizer que no passado as mulheres fechassem os olhos. Mary, condessa de Pembroke, do século 17, é assim descrita em *Brief Lives* pelo biógrafo John Aubrey: "*Ela era muito obscena, e determinara que, na primavera, quando os garanhões estavam para cruzar com as éguas, os pares deveriam ser trazidos para uma determinada parte da casa, de onde ela os observava e se comprazia com seus jogos; e depois praticava jogos semelhantes com os* seus *garanhões*".

Lugar privilegiado para os olhares de homens e mulheres em posições excitantes passaram a ser as academias de ginástica. Na falta de outra paisagem, olhares objetivos de malhadores dos dois sexos avaliam bumbuns, volumes, mamilos, aberturas – e todos sabem, e dão o melhor de si, vestidos numa roupa aderente que esconde a pele mas realça os conteúdos.

E há, por último, outro requintado voyeur, criatura moderna que surge e se multiplica no jogo de espelhos dos motéis: o voyeur de si mesmo, o voyeur narciso. Você mesmo lá como se fosse outro que se exibe para você, que se exibe para o outro, amantes perfeitos da sua amante.

AÇOUGUE

ai
alcatra
ai
maminha
ai
coxão duro
ai
coração
ai
costela
joelho
peito
lombo
chã de dentro
língua
pescoço
ai
chuleta

– vai rabo?

POEMINHA SAFADO

ALMOÇO CASEIRO

quando quer
come
quando não quer
esquece
quando ela quer
brocha

Pensando no assunto

TAPAS, TOMA LÁ DÁ CÁ

expressão "não bate que eu gamo" pode vir a ser mais do que uma graça brasileira.

Imagine esta cena, leitor. No meio de uma festinha animada, onde o sotaque inglês predomina, uma saborosa atriz inglesa, Liz para os afortunados, tira a calcinha, debruça-se sobre o encosto de um sofá do meio da sala, puxa a saia até acima da cintura, cabeça tocando o assento do sofá, e vários convidados se revezam dando-lhe fortes tapas na bundinha.

A cena não só é possível como é verdadeira. Liz Hurley, era namorada de Hugh Grant e costumava brincar assim com a turma de patrícios em Los Angeles ou na Inglaterra. Com aquela incrível capacidade que os ingleses têm de formar grupos com determinadas características e preocupações, a turma de Liz deu-se até um nome: *the Viles*, os vis, sacanas, malvados, pervertidos. Na boa Inglaterra, os Sacanas reuniam-se no castelo de Sudeley, de Henry Dent-Brocklehurst, amigão de Liz. A cena das palmadas fazia parte de um jogo: quem apanha deve adivinhar quem bate. Se não errar, segue apanhando. É uma "sacanagem bobinha", segundo Liz, e coisa para quem não se leva muito a sério, segundo o amigo Henry.

Seria só uma brincadeirinha restrita a um grupo se os jornais e revistas de todo o mundo ocidental e de algumas cidades orientais não publicassem tantos anúncios classificados de homens e mulheres à procura das emoções de palmadas e lambadas *a sério*, se não houvesse tantas lojas vendendo fantasias e apetrechos de dominadoras e dominadores, dominadas e dominados, tantos estilistas de moda imitando e diluindo a estética sadomasoquista em roupas sociais, tantos filmes, romances e quadrinhos transformando em erótica e "contemporânea" certa violência sexual. Muita gente, excitada, aventura-se a experimentar a transgressão até certo ponto e faz incursões *light* nessa área, sem saber que isso tem também seu significado.

Psicólogos pós-freudianos sustentam que o prazer da palmada começa na infância. Para as crianças dessa fase, os pais são ao mesmo tempo a segurança protetora e os carcereiros. As crianças têm o impulso agressivo de quebrar as paredes da prisão paterna, de ser elas mesmas, de crescer, e isso se expressa em rebeldia e indisciplina. Mas têm também o desejo oposto de ser reprimidas para continuarem protegidas e amadas. Um tapa é amor.

Muitas crianças vão crescendo sem separar as duas coisas. Jean-Jacques Rousseau apanhou aos 8 anos de sua preceptora, Mademoiselle Lambertier, e nunca mais se livrou do prazer do espancamento. Homem feito, bonito, escritor, filósofo, pensador político de grande influência sobre a Revolução Francesa, teve uma vida amorosa desastrosa por causa disso. "Quem diria" - disse ele nas *Confissões* - "que aquela punição da infância determinaria meus gostos, meus desejos, minhas paixões, meu próprio ser, pelo resto da minha vida?" Ainda menino e querendo reviver as emoções desencadeadas pela mestra, arrumou uma amiguinha de 11 anos que brincava de professora com ele e aceitava espancá-lo. Quando rapaz, exibia o traseiro em vielas, na esperança de que alguma mulher de passagem o espancasse. Adulto, viveu precariamente sua vida sexual, sem coragem de confessar às amadas seu desejo de ser espancado. Encontrou «alguma satisfação em relações que continham uma sugestão disto... Deitar aos pés de uma amante imperiosa, obedecer suas ordens, ser forçado e implorar seu perdão - isto era para mim um doce prazer". Pouco mais de um século depois, Leopold von Sacher-Masoch repetiria a cena de submissão e daria início à história do masoquismo.

Nem tudo, entretanto, é cabeça. Há quem sustente, baseado em descobertas da bioquímica, que uma pessoa que não tenha perturbadoras fixações da infância pode chegar a algum tipo de prazer por meio da dor controlada. O antropólogo inglês Ted Polhemus explica: "A dor provoca a liberação de substâncias opiáceas no cérebro, que produzem uma alta de endorfina". A endorfina, um aminoácido da glândula pituitária, age como neurotransmissor e tem o efeito de diminuir a dor, além de estar envolvida também, entre outras coisas, com a atividade sexual. Tem gente viciada em endorfina.

Tapa na cara é o supremo insulto; no traseiro é punição. Isto é milenar, em variadas culturas. O traseiro terá sido escolhido para chibatadas, varadas e açoites por sua carnosidade mais generosa? Jamais se saberá.

O que se sabe com certeza é que a Grã-Bretanha foi o último país civilizado a abolir o açoite nas prisões, em 1948.

Não faz muito tempo, era permitido punir os estudantes ingleses com varadas no traseiro. Uma famosa "madame" londrina, Cynthia Payne, disse à revista *Style* que os maiores adeptos das chicotadas sexuais estudaram em alguma escola tradicional inglesa. Nos navios da marinha mercante e de guerra de Sua Majestade, as insubordinações e faltas dos marinheiros eram punidas com a chibata. No século da rainha Victória, o 19, a festa dos açoites se estendia do lar à escola, do bordel às prisões. E se era assim, era porque acabaram gostando. E se gostavam, teria alguma coisa que ver com sexo. (Freud explicaria mais tarde por que algumas crianças "provocam" a surra.) Na Europa continental, esta forma perversa de obter prazer recebeu o nome de *vice anglais*, vício inglês. Liz Hurley e seus Sacanas seriam herdeiros perfumados dessa cultura. Divina decadência.

O visual sadomasoquista que põe na rua alguns fantasmas dos antigos porões da sexualidade exprime a abertura da sociedade para a convivência com o inaceitável de antes, o inconfessável. De duas décadas para cá não é raro ver uma garota no Baixo Rua Augusta usando coturno e um par de algemas enfiado no cinto; homens e mulheres de *piercing* nos lábios, narinas, línguas, seios e sabe-se lá onde mais em certos clubes ou nas feiras artesanais de São Paulo, Rio, Belo Horizonte e Ouro Preto; bem-cortados coletes ou calças de couro pretos, enfeitados com correntes prateadas, usados por meninas ricas. É *soft* SM. Quando acontece uma festa SM (também se diz S&M e sadomasô), o visual é mais explícito, aparecem também os ortodoxos, os *hard*, gente que realmente curte o tabefe. Na linguagem social, este diálogo com os sadomasoquistas de verdade significa: nós os aceitamos até certo ponto e nos perturbamos com a sua ousadia, mesmo que não façamos as coisas que vocês fazem entre quatro paredes.

Pesquisas na Itália, nos EUA e no Brasil realizadas nos últimos trinta anos mostram que é pequeno o número dos/das que realmente gostam do cardápio sadomasô numa relação adulta. A porcentagem italiana, feita pelo Instituto Asper, foi a mais alta: 20,5% dos homens e 15,3% das mulheres gostariam de bater. Sado. Enquanto 17,2% das mulheres e 12,4% dos homens gostariam de apanhar. Masô. Uma pesquisa nacional sobre as fantasias sexuais das brasileiras, feita pela Brasmarket com 1006 mulheres e publicada em dezembro/97, revelou que a terceira fantasia feminina mais frequente (8%) é dominar o parceiro, a quinta (6%) é ter as roupas rasgadas, a nona (3%) é ter um escravo sexual, a décima segunda (2%) é usar correntes ou chicotes. Pesquisa de 1992, do Data Folha, arrola 15% das mulheres entre as que gostariam de ser amordaçadas, amarradas ou ter os olhos vendados por seus parceiros.

Faltam números mais recentes, mas temos um fato revelador: o enorme sucesso da trilogia sadomasô *50 tons de cinza*, de E. L. James, em livros e no cinema, a partir de 2012, e que se prolonga em exibições de plataformas de *streaming* em televisões, laptops e smartphones. A editora Intrínseca, que publica a versão brasileira dos livros, revela em seu site que nos primeiros quatro meses do lançamento eram vendidos 13 livros por minuto! O assunto dos livros: um dominador multimilionário tem um quarto vermelho secreto cheio de aparelhos e apetrechos sadomasoquistas onde submete mulheres a seus abusos, uma universitária atrapalhada se envolve nos jogos sexuais e amorosos do dominador, e vivem um inesperado romance. O público alvo dos livros: mulheres. Elas fizeram o sucesso da trilogia, que vendeu 5,5 milhões de exemplares no Brasil. Se 1% das leitoras tentou imitar no quarto o que as excitou...

Um livro que fala com profundidade e sutileza sobre o amor sadomasoquista é o da francesa Dominique Aury, que inicialmente se escondeu sob o pseudônimo de Pauline Reage para publicar o best-seller *Histoire d'O/A História de O*, em 1954. É um daqueles "livros que se leem com uma só mão», na expressão maliciosa do filósofo Jean-Jacques Rousseau, mas que têm qualidade. Os pensadores Susan Sontag e Octavio Paz estão entre os admiradores do romance. Conta a história de uma mulher que se submete a humilhações, abusos e maus-tratos para conservar o amante. O curioso é que o livro nasceu de uma situação semelhante, envolvendo dois poderosos intelectuais franceses: Jean Paulhan, diretor da Nouvelle Revue Française, que praticamente decidia quem valia ou não valia na literatura francesa do pós-guerra, e sua madura, discreta e tímida assistente Dominique Aury. Eles tinham um caso e Paulhan ameaçava deixá-la. Conversando sobre a obra de Sade, que admirava, ele disse que ela, como mulher, seria incapaz de escrever aquele gênero de livro. E assim, desafiada, para conservar o homem que amava e colocando no texto situações que viveram, ela escreveu o romance francês de maior sucesso internacional desde Júlio Verne.

Nada disso é novo, sabe-se. As travessuras do marquês de Sade já têm mais de 200 anos; as do seu igual/oposto Sacher-Masoch, 120 anos. Sade foi contemporâneo de uma onda teórica e prática de prazer que invadiu a França antes da Revolução. Buscava-se, com Rousseau, Diderot, Voltaire e outros intelectuais que escreveram a primeira Enciclopédia (de 1751 a 1772), o *natural* no homem. A literatura libertina era, na época, também libertária, produziu uma verdadeira enxurrada de obras contra a hipocrisia sexual dos padres, dos juízes, da sociedade. Abaixo todos os constrangimentos, viva o prazer. Voltaire proclamou: "O prazer é o objeto, o dever e o objetivo de todos os seres racionais". Sade apoiou: "Nada deve ser tão sagrado quanto o prazer" e radicalizou, sobre as mulheres: "nada mais do que máquinas... para a volúpia".

Escreveu algumas frases mais com o chicote da orgia do que com a pluma da meditação: "A crueldade é simplesmente a energia de um homem que a civilização ainda não conseguiu corromper". E tome chicote nas moças.

Quase um século depois, na decadência do Romantismo, o ex-professor de História e jornalista Leopold von Sacher-Masoch lamberia os sapatos de suas amadas e exigiria castigos corporais para chegar ao gozo. Quando menino, na Galícia natal (região que antigamente pertencia à Áustria, hoje é parte polonesa da Cracóvia e parte da Ucrânia), Leopold já lambia os pés de sua tia Zenóbia. Lambia, recebia castigos físicos do pai, espreitava a tia em ação dominadora com o amante, apanhava... Deu no que deu. Sua fama sexual ultrapassou a literária, mas foi um escritor interessante, retratou comportamentos ultrarromânticos, possessivos e cruéis da Europa Central, onde chicote e sexo conviviam havia séculos. Suas fontes eram o folclore, a história, a política, os mitos e o erotismo nacional. Do outro lado dos Cárpatos, o folclore da região produziu na mesma época outro mito atual, o conde Drácula, também uma recriação romântica tardia da lenda dos vampiros, feita por Bram Stoker em 1879. A palavra vamp, mulher fatal, dominadora, vem daí.

Sade e Masoch eram compulsivos, obedeceram a forças internas que não conseguiram dominar. Porém, muito antes deles, e muito longe dali, na Índia, bater e apanhar para gozar não era um distúrbio, era uma técnica. Uma refinada técnica de quase 2 mil anos, passada de geração em geração, compilada junto com outras técnicas sexuais pelo aristocrata Vatsyayana, provavelmente no século IV de nossa era, em um volume escrito em sânscrito a que ele deu o nome de *Kama Sutra* (*Kama*, amor; *Sutra*, aforismos ou ensinamentos).

Todo o capítulo IV é dedicado aos beliscões e arranhões, dando nome a cada tipo e recomendando onde e quando usar. "As marcas de unhas não devem ser feitas em mulheres casadas, mas determinados arranhões podem ser feitos em suas partes mais íntimas, a fim de provocar lembranças e intensificar o amor", diz um dos ensinamentos. O capítulo V fala de mordidas, que só devem ser dadas com bons dentes para deixar bonitas marcas. "Quando o homem morde a mulher com força, ela deve fazer o mesmo com ele, com força ainda maior." O capítulo VII é sobre técnicas de espancamento amoroso e aqui vale tudo. Enumera onde e como bater, inclusive com instrumentos perfurantes e tesouras, previne contra os excessos, considerados "bárbaros e vis", que resultaram até em mortes. O aforismo final diz: "Os atos apaixonados e os gestos ou movimentos amorosos que surgem no calor do momento, e durante a relação sexual, não podem ser explicados e são tão irregulares quanto os sonhos".

Além de Vatsyayana, Rousseau, Sade e Masoch, outros escritores e pensadores bateram ou apanharam por prazer sexual. O poeta inglês Swinburne (1837-1909) tornou-se adepto da flagelação nas nádegas quando estudava no colégio Eton – eis o vício inglês! Virou freguês assíduo de um famoso bordel londrino especializado em flagelação. Era obcecado por açoites, encheu deles sua poesia, deixou vários textos inéditos sobre a tortura erótica. No poema *Dolores* (dores, em espanhol), queixa-se da moral religiosa e pede que Nossa Senhora das Dores "nos livre da virtude". O adolescente Nietzsche foi seduzido por uma condessa "de paixão uterina" que mais tarde o feria com um espeto, até que ele reagiu, pegou um chicote de equitação e a açoitou. Ela gostou e sempre pedia mais. Dostoievski, apaixonado por sua bonita e jovem esposa Anna, tinha adoração pelos pés dela e, na cama, combatia com tanto ardor, ficava tão fora de si que chegava à violência e agressão física.

O caso mais recente é o do filósofo francês Michel Foucault, que morreu em 1984. O pensador que estudou a transgressão, a loucura, os presos, os que não têm voz na História, que escreveu a *História da Sexualidade*, a *História da Loucura*, morreu quase escondido, procurando ocultar de seu público a sua doença, Aids. O amigo e vizinho Hervé Guibert, que também morreu de Aids, contou em livro no qual Foucault aparece sob o nome de Muzil, que o filósofo "adorava orgias violentas em saunas"; que o via sair à noite "de blusão de couro preto, com correntes e aros de metal nas ombreiras"; que após sua morte "um grande saco cheio de chicotes, de capuzes de couro, de coleiras, de freios e de algemas" foi encontrado em seu armário.

A pancadaria amorosa nunca precisou desse estilo de vestimenta, uma espécie de roupa de Zorro misturada com adereços de Conan, o bárbaro. Foi depois do romance *Die Damen in Pelz/A Vênus das Peles*, de Sacher-Masoch, que esse figurino foi tomando forma. A personagem Wanda é treinada por Severino para ser sua dominadora, a seu pedido veste roupas de couro em cima da pele, usa o chicote, pisoteia-o, amarra-o com correntes no porão. O estilo sadomasoquista foi surgindo ao longo dos anos, ajudado pelos figurinistas de cinema, ilustradores de livros e desenhistas de histórias em quadrinhos. As ilustrações de Bernard Montorgueil, feitas nos anos de 1930 para seus livros eróticos, como *Dressage* ou *Une Brune Piquante,* forneceram metade dos elementos do visual de hoje. Nas histórias em quadrinhos foi a Valentina, de Guido Crepax, a que mais influiu na definição da estética SM, junto com os desenhos do mesmo Crepax para a edição em quadrinhos do romance *História de O.* A pop art, que assimilou temas e técnicas dos quadrinhos, também passeou pelo mundo SM. Alguns filmes tornaram-se *cult* do SM *soft*, como *9 1/2 Semanas de Amor*, que é mais um manual charmoso das fantasias sexuais femininas do que verdadeiro SM. Daí o seu sucesso com as mulheres, como o já citado *50 tons de cinza*. Já o filme de Madonna *Corpo em Evidência*, em que a mulher é dominadora e chega a queimar o homem com vela derretida, é rejeitado por elas. Assim como rejeitaram seu livro fotográfico *Sex*, carregado de elementos SM.

A venda desse material é um negócio internacional. Revistas especializadas divulgam as novidades em equipamentos para molestar, prender, furar, fustigar e enfeites, roupas, adereços. Parafernália que o articulista italiano Marco Giovannini chamou de *sadomasokitsch*. Mulheres de programa dominadoras, que cobram 200, 300, 500 reais por hora, entram descontraidamente nas lojas especializadas para comprar seu chicotinho, máscara de couro tacheada, meia arrastão, capuz de couro tipo verdugo, palmatória de couro, coleira tacheada, algema para pés, clipe para mamilo, mordaça de couro, tapa-olho, alicates, alfinetes de prata etc.

E o que acontece na intimidade – é bom? F.S.G., 46 anos, engenheiro, paulista, casado, gerente de sistemas, gosta de flagelação no escuro: "O que interessa não é a dor. A dor na realidade não acontece, quando você espera por ela, quando se previne. Só existe aquela expectativa. O que eu gosto é de esperar por ela, a preparação toda, os barulhos com você vendado. É alguma coisa que você procurou e que te dá um pouco de nervoso. Eu suo nas mãos e às vezes até urino. Mas não dói não, é mais o nervoso da situação toda." J.C.B., 28 anos, paulistano, vendedor de produtos farmacêuticos: "Já fui umas três ou quatro vezes. O que me motiva é a situação. Receber um esporro, um tapa na cara, na vida real, é uma situação que não dá pra aguentar, sou capaz de matar um cara. Lá, não, é uma fantasia, eu aceito uma pessoa me dominando, sem ter de brigar. Não, nunca gozei lá."

A psicologia comportamental ou experimental aprendeu coisas interessantes sobre a violência sexual tipo sadomasoquismo, conta o professor de Relacionamento Amoroso no Instituto de Psicologia Experimental da USP, Ailton Amélio da Silva. Por exemplo, que a prática é raríssima nas sociedades primitivas, em que a agressividade se restringe a morder e arranhar. Que os latinos reprimem menos a agressividade na vida social e têm menos prática SM. Que os europeus do norte reprimem mais a violência na sociedade e têm o maior número de SM, podendo-se então interpretar a prática SM como a erotização da ira. Que as fantasias eróticas das mulheres são mais realizáveis e práticas do que as dos homens. Que os homens recebem e cometem mais ações sádicas do que as mulheres.

Um novo local de encontro é a Internet, em cujas salas de *chats* os adeptos do prazer doloroso se buscam. Há material e conversas na rede que deixariam o marquês de Sade entusiasmado com os rumos da civilização. E os perigos. Após oferecer-se na Internet para tortura sexual, a americana Sharon Lopatka encontrou Robert Glass e a morte por asfixia durante o ato sexual. O caso é famoso, pode ser lido com detalhes no Google.

A prática da sufocação é uma das mais arriscadas na relação SM, em que um parceiro coloca o outro muito perto da morte. Está ligada à constatação já antiga da presença de excreções espermáticas nos enforcados, junto com urinárias e fecais. A ideia dos SM é novamente a da descarga extra de substâncias químicas no cérebro, como adrenalina, endorfina, encefalina e outras, no momento do orgasmo do parceiro, para multiplicar as sensações de prazer. A linha entre a satisfação e a autodestruição é fina, pode romper-se. É como a overdose. Há anos, um parlamentar inglês morreu num momento de prazer solitário porque não conseguiu tirar o saco plástico a tempo. No grande filme japonês de Nagisa Oshima, *Ai no koriida/O Império dos Sentidos*, a empregada que tem caso com o patrão mata-o por enforcamento durante o sexo. Ele mesmo insistiu que ela fosse mais longe, depois da primeira experiência de asfixia.

E quando os casais não combinam em seus gostos? Nas relações de namorados, noivos, casados, em que não há um pressuposto, nem um entendimento inicial sobre até onde as coisas podem ir, ocorrem frustrações. Que fazer se na hora do ui-ui-ui a moça pede "Me bate! Me bate!" e o parceiro não tem coragem, ou se o homem estala um tapa forte demais e inesperado no bumbum que o cavalga? Noel Rosa, num samba de 1936, castigou de maneira diferente a sua companheira:

> *O maior castigo que te dou*
> *É não te bater*
> *Pois sei que gostas de apanhar*

O interesse sadomasoquista atual faz parte de um quadro social maior, em que o individualismo se sobrepõe a tudo. Caminha junto à ideia de prazer. Duzentos anos depois dos libertinos franceses, vivemos uma nova idade de ouro do hedonismo. Na mesa: nunca se falou e se escreveu e se cultivou tanto a gastronomia. Nas artes: o que importa é agradar, vender, não questionar. Na economia: consumo em vez de poupança. E na cama: tudo. Com amor não dói.

POEMINHA SAFADO

SEMANAL

homem
de sábado
mulher
de segunda
filho
de quinta

POEMINHA SAFADO

CONSOLO

a viúva
inconsolável
não tem
consolo
a viúva
sem consolo
é mais viúva

Pensando no assunto

ANTES SÓ DO QUE MAL-ACOMPANHADO

graça da masturbação é que ela não custa nada, não é complicada, não dá trabalho, é carregada de fantasia, possibilita uma variação sem limite de parceiras ou parceiros idealizados, dá um eletrochoque nas tensões, o prazer alcançado varia de razoável a muito bom, cada pessoa cria sua técnica sem correr riscos de fracasso, é limpa, é segura e pode-se gozar uma, duas, três vezes ou mais, seguidas, o que der...

Nem tudo é graça. Algumas pessoas ficam deprimidas após o prazer da masturbação. Os homens, por uma baixa de autoestima, um sentimento de incompetência para arranjar parceira; as mulheres, gregárias que são, por estarem sós, por faltar abraço; e nos dois sexos a depressão pode estar também ligada a um sentimento de culpa, que tem raízes na condenação religiosa e familiar do prazer solitário, uma constante na cultura judaico-cristã.

Não encontramos registros desse tipo de condenação na Antiguidade ocidental. Ao contrário, vemos até imagens de homens na atividade, mas não mulheres. Será que elas não botavam a mão na massinha? Por certo. A falta de relatos e imagens da siririca grega ou romana significa apenas que o prazer da mulher não era assunto, não era requerido, não interessava a ninguém naquelas sociedades dominadas por homens. Por falta do capricho masculino ao se ocupar das graças femininas, há indícios seguros de que muitas mulheres subiam pelas paredes, desenvolviam o que o sábio médico grego Hipócrates (460 anos antes de Cristo) chamou de histeria, a qual, séculos depois, outro sábio médico, o greco-romano Claudio Galeno (200 anos depois de Cristo), recomendava tratar assim: para as mulheres solteiras, casamento; para as casadas e concubinas, frequência nos coitos; para as viúvas, boa massagem de dedos molhados em azeite aplicada pelo clínico diretamente na vulva até obter um espasmo, que ainda não era chamado de orgasmo. Após as trevas medievais, em que mulheres "histéricas" eram consideradas possuídas pelo demônio e muitas queimadas pela Inquisição católica, veio o período pós Renascimento, em que elas eram internadas em hospícios, até que, no século 19, inicialmente na Londres da rainha Vitória e depois nas capitais europeias, voltaram os tratamentos digitais receitados nos tempos do sábio Galeno. Com a evolução da ciência médica e maior aceitação dos maridos e da sociedade, o tratamento de massagem na vulva foi ganhando adeptos. Literalmente esgotava os médicos que a aplicavam e trazia alívio provisório aos males das mulheres obtendo-se o que eles chamavam de "paroxismos histéricos". Não eram vistos ainda como prazer sexual, orgasmo, eram etapas de um procedimento médico. A partir daqui, é dado como certo que os médicos, para seu próprio conforto, passaram a utilizar no procedimento um aparelho de massagem criado pelo inglês Dr. Mortimer Granville em 1880, protótipo do vibrador. (A história do aparelho está contada em tom de comédia no filme *Histeria*, de 2011.) A tecnologia fez maravilhas, desde então, o comércio os fez chegar às mãos certas e hoje os vibradores, sugadores e massageadores clitoridianos são amplamente usados na masturbação caseira feminina. São 140 anos de serviços prestados, caras senhoras. Só uma loja on-line, a Miss Scarlet, comercializa 50 mil vibradores por ano no Brasil.

É hipótese minha que esses homens que se deprimem com seu esperma na mão consideram a masturbação um substituto daquela mulher que não conseguem ter, não uma forma natural de obter prazer. Ora, a coisa não precisa ser assim tão pesada. Animais se masturbam. Quem não viu?: cachorros, macacos, éguas... Indígenas polinésios, americanos e africanos praticavam e praticam sem trauma o sexo manual.

Houve uma época na sua vida em que a masturbação era um fim em si mesma, não um substituto, lembra-se?

A condenação escrita tem perto de quatro mil anos. No Velho Testamento, Onã foi cegado por um raio divino por ter derramado sua semente no chão. Do seu nome vem onanismo, a punheta como hábito. E nem foi uma punheta, foi coito interrompido, mas mesmo assim o deus dele não aliviou o flagrante. Paulo, o apóstolo, condenou os adeptos da masturbação ao inferno. Tomás de Aquino confirmou. O "pecado" já foi agravante para a fogueira. O motivo perdeu-se na memória das civilizações. Uma recente biografia de Lord William Gladstone, quatro vezes primeiro-ministro da Grã Bretanha no século 19, casado com a bonita Catherine Glynne, revela que ele se masturbava habitualmente e depois, culpado, se punia com um chicote. Até meados do século 20, médicos deram aval à falácia de que a masturbação podia levar à loucura. Queridos irmãos e irmãs, a falta dela, sim, pode levar à loucura.

De uns tempos para cá, o assunto é tratado com mão mais leve. Dorothy Parker (1893-1967), escritora americana, botou o nome de Onã no seu canarinho de gaiola porque, explicou, ele despejava suas sementes no chão... O escritor vienense Karl Krauss (1874-1936) é autor de uma frase campeã sobre o assunto: "Uma mulher às vezes é um substituto bastante razoável para a masturbação. É preciso, evidentemente, um bocado de imaginação".

REVELAÇÕES DE UM CONCURSO DE CONTOS ERÓTICOS

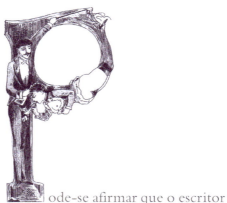

Pode-se afirmar que o escritor brasileiro de contos eróticos é machista, politicamente incorreto com relação à mulher e à sexualidade, infantil nos seus desejos, no seu orgulho fálico e frustrado no amor? A julgar pela generosa amostra do primeiro concurso de contos da revista *Playboy* (1995), sim.

Forço a mão quando especulo se um concurso de contos de uma revista para homens com boa tradição literária pode representar o imaginário erótico do escritor brasileiro. Com alguma cautela pode-se afirmar que, atraídos pelo gordo prêmio, boa parcela dos novos escritores está aí representada, que um razoável contingente de escritores em formação aí se aventurou, que boa quantidade de autores provincianos tentou aí uma nesga do sol, que um time de escritores militantes se candidatou, que um batalhão de autores frustrados pela luta em outras lides tentou aí se reencontrar e que, finalmente, grande número de curiosos tentou pôr em forma literária suas fantasias.

Digamos então que os 1792 contos que participaram do concurso revelam um quadro saboroso e às vezes inquietante do imaginário erótico do escrevinhador de contos brasileiro. Participaram autores de 23 estados e três residentes na Itália, dois na Bósnia e um na Suíça. São Paulo lidera o pelotão, com 574 trabalhos, Rio Grande do Sul vem em segundo, com 199, Rio de Janeiro em terceiro, com 199, Minas em quarto, com 156, Brasília em quinto, com 96, Paraná em sexto, com 78, Santa Catarina em sétimo, com 73, Bahia em oitavo, com 64, Goiás em nono, com 51, Pernambuco em décimo, com 40 - e outros com menos.

Mas vamos lá: o que revelam esses contos eróticos? Já fui jurado de outros concursos de contos e o panorama não é muito diferente.

Em primeiro lugar: todos os homens são superdotados e se orgulham da peça. Já que o dado não corresponde à realidade, responde ao desejo. Nesse mundo imaginário, não tem essa de "seja feliz com o que você tem". É vale quanto pesa. E são todos potentíssimos: basta um olhar quente da mulher. O orgulho do superpau está nesta frase engraçada de um personagem, que fala por todos: "Se pudesse, eu botava no currículo".

No capítulo dos parceiros, vamos por partes.

Marido e mulher não existem. A imaginação erótica não almoça nem janta em casa. Os maridos transam com "gostosas" colegas de serviço, ou com a mulher do amigo, ou com mulheres eventuais; as esposas transam com homens ocasionais, vizinhos e colegas de congressos. Os dois estão sempre aproveitando oportunidades.

Colegas de trabalho, ou de escola, ou de profissão são o maior contingente. O escritório é o lugar erótico por excelência; porém, curiosamente, nunca é "profanado": a relação acontece no motel ou na casa de um dos parceiros. A sequência é sempre a mesma: barzinho, ou restaurante, ou festinha, desejo incontrolável, motel, já entram se devorando muito doidões. E, sempre, sentem um prazer que nunca tinham sentido antes.

Professor e aluna, professora e aluno. A velha fantasia não morreu, está fartamente representada. É uma extensão *light* do proibido desejo estudado por Freud, do pai pela filha, da mãe pelo filho, e vice-versa. Fala também do medo da iniciação, por um lado, ou do medo masculino da relação com pessoa muito experiente, por outro.

Ainda na área da iniciação não angustiante, há muita evocação de meninos iniciados por amas e empregadas da casa, principalmente no meio rural.

Obviamente, o meio rural é o cenário do maior número de contos com "parceiros" animais. Tudo meio pitoresco, como de hábito. Na cidade esse tipo de relação adquire aquela nota de solidão e exacerbação. Quanto mais conheço os homens, mais amo os cães - é o ditado.

Incestos há muitos. Irmãos com irmãs ganham disparado neste vasto e revelador campo das fantasias ocultas dos autores. O segundo pelotão é o de pais com filhas, depois tias iniciando sobrinhos (narrados ora de um ora de outro ponto de vista), mães com filhos (geralmente em quase cerimônias de iniciação), poucos tios iniciando sobrinhas. São relações sem culpa, em que os narradores sentem um prazer nunca dantes.

O velho padre devasso das piadas não podia faltar. Suas vítimas são, claro, beatas, mocinhas, senhoras casadas e até um menino.

O desconhecido ocupa um bom lugar na imaginação erótica. No local de trabalho sempre aparece uma freguesa ou freguês ou cliente propícios. A imaginação não tem limites: uma cliente imobiliza o veterinário com seu treinado dogue alemão e banqueteia-se. Quando o narrador é masculino, mulheres aderem a qualquer loucura com desconhecidos. O que se indicia aqui é que os homens acham que as mulheres são todas umas devassas enrustidas. Transam até com ETs. E, naturalmente, com um prazer que nunca haviam experimentado.

Na relação pedófila, o comportamento criminoso busca se justificar. Há uma nítida inversão de valores que transforma a vítima em culpada. Invariavelmente as meninas, de 9 a 14 anos, são devassas, sedutoras, sensuais e não raro tomam a iniciativa. Já os meninos são ingênuos de que mulheres fogosas se aproveitam. Poucas são virgens, e as que são querem logo se livrar daquilo. Parece que os autores tratam deste desvio de maneira subjetiva e, para se livrar do sentimento de culpa, recorrem à inversão do papel de agente.

Outro desvio frequente é o voyeurismo, geralmente ligado a situações de solidão. Os artifícios ficcionais são a tradicional janela indiscreta, binóculos e lunetas apontados para os prédios vizinhos, portas entreabertas de propósito, forro de banheiro, maridos que pagam para ver a esposa transando...

A terceira tara na preferência nacional é o estupro. Aqui, a imaginação (?) dos autores se confunde com o inconsciente coletivo, revela a profunda crença do homem brasileiro de que a mulher gosta de ser violentada. Mais: de que o estuprador, no fundo, está fazendo um bem a ela. Todas as violentadas acabam aderindo ao ato e sentem um prazer que nunca tinham sentido antes. O prazer funciona como justificativa, alivia a culpa do narrador estuprador.

Há raros necrófilos, um deles é funcionário do Instituto de Medicina Legal! *The right man in the right place.*

A aventura de um dia é a situação mais repetida. Parece ser uma fantasia geral, mas muitos autores/narradores precisam da desculpa ou da ajuda de um acaso. Uma chuva, um carro atolado, uma pia quebrada, uma viagem, uma visita inesperada, uma greve do metrô. Mulher casada é o sonho de muitos desses homens. Outro: mulheres indefesas, ou presas. As mulheres sonham com um desconhecido charmoso, um vizinho, uma amiga. Há muita solidão e frustração envolvidas. Não se fala de um bom sexo entre amantes estáveis. A imaginação quer novidades. O objeto do desejo está em outro lugar.

Não há limites para a fantasia dos lugares onde a coisa acontece: cadeira de dentista, elevador, avião, ônibus (há um número enorme de relações em ônibus interestaduais e urbanos), mesa do IML, mesa de cozinha, de escritório, de bilhar, debaixo da mesa de bar, consultório médico, praia, farol, carro na garagem do pai, lago, escuna, balcão de mercado, catraia, mato, moto, varanda, chão (tem demais), capô do carro, cemitério (vários), trapézio, a cavalo, carro em estacionamento de supermercado, sala de espera de dentista, igreja, confessionário, apartamento vazio para alugar... Até cama tem.

Interessante: o dia tradicional não é mais o sábado. As loucuras acontecem às sextas-feiras.

Quanto ao desempenho, todos nota mil. Os homens invariavelmente sabem como levar as mulheres à loucura. Elas são experts em tudo, estão sempre prontas. Raramente há aquela necessidade de envolvimento e mágica tão necessários na vida real. Homens e mulheres nunca exteriorizam seus pavores, que na vida real enchem as clínicas e as farmácias: falhas, brochadas, secura, proporções, não agradar, não ter prazer. Não há Woody Allen no universo do conto erótico.

E os corpos, ah, os corpos... Todos fora do normal. Seios, sempre empinados e rijos; alguns têm vida inteligente, sempre a querer saltar para fora do decote. Bocas sensuais, de lábios carnudos, molhados. Bumbuns arrebitados, nádegas rijas. Não há celulite, peito caído, pau pequeno, algum mau hálito, cabelo ensebado, nada a disfarçar ou de que se envergonhar. Isto revela uma idealização massificada e, claro, a recusa do oposto, que é o normal humano.

Que as mulheres fiquem sabendo: as roupas que deixam os homens loucos são, pela ordem: vestido pretinho colado e curto, saia justa curta, shortinhos de jeans (desfiados ou não), blusinha ou camiseta sem sutiã.

Com relação ao comportamento social, há coisas curiosas. Lua-de-mel não é assunto, já que virgindade não faz mais parte do ideal masculino, nem a primeira noite de um casal é a do casamento. O conceito criminal moderno de assédio sexual não existe: os homens relam nos ônibus, cantam no trabalho, a amiga da mulher passa a mão nele por debaixo da mesa. As mulheres tomam a iniciativa: o homem vai buscar uma água, um cartão ou um drinque para a visitante, e quando volta - surpresa! - ela está pelada. Quando são as mulheres que escrevem, usam metáforas; os homens são diretos, grossos. Parece que as divas do cinema estão em baixa, pois os mitos sexuais femininos mais citados são estrelas da televisão brasileira.

E há outro detalhe revelador, importante do ponto de vista psicológico: 80% dos contos foram escritos na primeira pessoa.

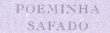

POEMINHA
SAFADO

INACABÁVEL

gostaria de fechar os olhos
como se lábios fossem
de uma xoxota
(sempre a hipótese de abrirem-se)

não gostaria de abrochar os lábios
como se olho figurassem
de um cu
(sempre a possibilidade de rugas)

gostaria de baixar os braços
rumo ao cono sul
para colher cabaços
(sempre a surpresa de não haver)

ou, pior dizendo:

gostaria de baixar o braço
demandando o cono sul
e colher (grata surpresa)
entre pétalas um cabaço

POEMINHA
SAFADO

gostaria de não ter a gula
que certas xoxotas têm
fino ou grosso: dizem amém
(nunca por hipótese o fastio)

gostaria de ter a graça
de mostrar a língua
sem grosseria
(que as xoxotas têm)

ou, melhor dizendo:

gostaria de ter finesse
como certas xoxotas têm
qual seja mostrar a língua
com toda delicatesse

ou, melhor ainda:

gostaria de ter a finesse
que só as xoxotas têm
que é o mostrar a língua
sem ofender ninguém

conto

Doutor Gabriel, 10 anos

Tempo de descobertas...
Nas tardes das sextas-feiras, assim que a mãe saía, ele colocava os óculos, o avental branco e abria o consultório. As clientes chegavam um pouquinho mais tarde. Enquanto esperava, organizava o material do dia: lanterna, termômetro, lente de aumento, refrigerante, colher, bolacha, mercurocromo, algodão, revistinhas, batom, baciinha com água quente, guardanapos de papel, bisnaga de clister, seringa, bloco, caneta Parker 51 que o pai havia deixado antes de se mudar, óleo Johnson, álcool, talco, coisas. Começara sem nada, quase: apenas curiosidade, olhos, mãos e uma vizinha.

As suaves lembranças... Não havia, naquele então, cobranças de desempenho, ou insegurança, conveniência, frustração, urgência, angústia, jogos de conquista, comparações, afirmação... Era só brincar...

A fama dele como doutor passava de boquinha em boquinha, subia e descia os doze andares do prédio, fazia aumentar o movimento do consultório. Com o tempo, acontecia de alguma cliente voltar para casa sem ser atendida. Ele compensava, atendendo-a em primeiro lugar na sexta-feira seguinte. Sentia-se seguro em seu consultório: conhecia os ruídos, o movimento, os horários. Se a mãe voltasse antes, como aconteceu uma vez, dava tempo de arrumar tudo, fazer o consultório virar quarto de estudos, antes de tirar a correntinha de segurança da porta e pronto. Ela saía toda sexta-feira para encontrar o namorado. Os dois tinham um problema que parecia ligado àquilo que ela falava com as amigas ao telefone: ele não assume; ou falava com o namorado: você não assume. Fosse isso o que fosse, ela ficava chateada e uma vez tinha voltado mais cedo para casa e foi aquela correria.

A curiosidade, nascida de uma conversa de mães ouvida no elevador ("você precisava ver a vergonha da Cris no médico", "ah é?", "só vendo, ela que sempre foi tão desinibida, não queria tirar a roupa pro doutor de jeito nenhum"," olha só", "passou a vida inteira tirando a roupa pro pediatra e agora veio com essa", "é, daqui a pouco já vai virando mocinha, é assim mesmo"), havia estimulado as primeiras brincadeiras de médico com Titina, na salinha de TV. Uma hoooOra ele era médico, outra ela era médica, até pensarem num consultório com várias clientes, com lanchinho, revistinha, e então Titina chamou Susana, que chamou Elaine, que chamou Cris, que chamou Lurdinha, que chamou China, que chamou Arminda, que não chamou ninguém. Duas horas de furtivas descobertas. A espera pelas tardes de sexta-feira juntou-se às promessas dos fins de semana, com suas lanchonetes, parques, piscinas e shoppings, tirando qualquer graça dos outros dias da semana.

No começo não tinha enfermeira. Depois pedia a uma cliente que fizesse esse papel. Titina e Susana disputavam o privilégio de ficar ajudando, vendo. Para pôr fim à questão, estabeleceu que aquela que chegasse primeiro seria a enfermeira do dia. Ela deveria anunciar as clientes, encorajar as mais tímidas, auxiliar nas consultas e aplicações, dar uma ajuda nas explorações e elogiá-lo para as clientes. Logo logo o processo de escolha da enfermeira deu errado, pois Titina chegou tão cedo que a mãe dele ainda não tinha saído para se encontrar com o namorado. E aí chegou Susana. Ficaram ali, sem que fazer, com a mãe dele oferecendo sorvete e uma fruta e um pedacinho da torta do almoço e elas sem nenhuma vontade. Não souberam o que dizer quando a mãe dele perguntou se tinham vindo estudar, disseram que sim por falta do que dizer, mas era estranho porque uma estava um ano mais adiantada do que ele e outra estava um ano atrás, e seria difícil que tivessem alguma coisa para estudar juntos. Ele disse que ia ensinar aritmética para Titina, a mais nova, e a mãe continuou perguntando coisas, mas Susana era esperta, disse que tinha vindo ajudar o Gabriel em ciências, mostrou um livro, e a mãe foi toda perfumada para seu encontro. Depois dessa atrapalhação, ele estabeleceu que a enfermeira seria a que chegasse em segundo lugar, e aquilo resolveu a questão. Susana, a mais velha, morava em frente ao seu apartamento e ficava vigiando o movimento do corredor pelo olho mágico. Assim que qualquer uma entrava, ela corria e assumia seu posto. Raramente perdia, a não ser naqueles dias em que queria ser cliente e chegava de propósito em primeiro ou terceiro lugar.

Então começavam a fantasiar... brincar... Uma, duas horas de encantamento...

- Doutor Gabriel, dona Titina está com dor de barriga.

Mandava mostrar a língua, olhava com a lente. Dentes enormes, como de cavalo, freados com aparelho. Olhava os olhos, debaixo das pálpebras. "Mau, mau", murmurava. Abria a blusa, apoiando o ouvido esquerdo no peito liso. "Precisa comer espinafre, dona Titina", advertia. "Senão não cresce. Onde é que está doendo?" Ela botava a mão na barriguinha. "Dona Susana, prepare a paciente para exame de barriga." A enfermeira afrouxava o short, descia até os joelhos. Ele colava o ouvido direito à barriga, deliciava-se com o uóuóuó dos intestinos digerindo o almoço. Trocava de ouvido, deliciava-se com o calor e o delicado odor que vinha da calcinha. Retirava o ouvido, comprimia a barriga com a mão: "Dói aqui?" Nunca doía, a dor era mais em baixo. Comprimia o montezinho: "Dói aqui?" Doía. "Ajude aqui, dona Susana." A enfermeira afastava a calcinha para um lado, ele olhava com a lente. "Dona Susana, vamos medicar a doente. Me passe o óleo." Derramava um pouquinho no alto, seguia a rota do fio brilhante a rolar pela encosta e desaparecer, espalhava, alisava, perguntava: "Está melhorando?" Estava, podia ver na carinha. A enfermeira perguntava se ele não ia receitar quiabo para a doente, ele dizia "hoje não, ela já está boa, olha aí" e um suspiro da paciente encerrava a consulta.

- Doutor Gabriel, dona Arminda veio tomar injeção.

A enfermeira sabia que Arminda era a preferida dele. Mesma escola, mesma classe. Envergonhada, a ruiva Minda só vinha para tomar uma injeção no bumbum, como na farmácia, sem tirar nada, só baixando um pouco um lado da bermuda. Com o tempo, foi deixando que ele, não a enfermeira, baixasse a calcinha dos dois lados um pouquinho mais, só um pouquinho, o suficiente para ver o começo das duas metades. Uma vez tentou afastá-las e ela logo subiu as roupas, se foi, dizendo "Não brinco mais". Voltou somente na segunda semana: "Dona Arminda veio tomar remédio e injeção". Ele alongava a consulta para ficar um pouco mais de tempo com ela, deitava-a no sofazinho, olhava cada um dos olhos com a lente, puxando a pálpebra de baixo, iluminava com a lanterna as pequenas sardas no nariz e nas maçãs do rosto, focando-as na lente, enamorado de cada uma delas, olhava o desenho da boca, investigava demoradamente o enrugado dos lábios ampliado pela lente, puxava um pouquinho o lábio para ver o rosado molhado de dentro, e ela se submetia dócil dócil, alisada como um bichinho, calma e entregue como um gatinho, depois ele passeava a lente na direção das orelhas, examinava cada canyon, continuava o movimento para ver os cabelos ruivos nascendo atrás das orelhas e na nuca, dedinhos em passos de bailarina, depois levantava-a pela nuca, fazia-a sentar-se, dava-lhe um biscoito como comprimido, um copinho plástico de coca como remédio e então vinha a melhor parte, a injeção. Respeitava a restrição dela mas compensava passando por muito tempo o algodão com álcool na pele clara, soprando para provocar aquele friozinho que a fazia rir, depois apalpava o lugar, enquanto a enfermeira esperava segurando a seringa com o bico para cima, profissional. Ele falava, meigo, "Não vai doer nada" e pegava a seringa sem agulha e a empurrava com força, comprimindo o êmbolo, e o ar preso na seringa fazia pfffffuuu na pele ao escapar. Depois dava um beijinho no lugar, para não doer, e ela ia embora.

– Doutor Gabriel, dona Elaine está com cólica.

A enfermeira passava-lhe alguma coisa que a cliente deitada não via o que era mas que sentia agradável e pastosa enquanto ele fazia a coisa deslizar de um lado e do outro da xotinha preta, depois ele conversava, pedia para ela mostrar onde era a dor, ela se tocava na altura da bexiga, ele dizia "Vamos ver, vamos ver", apanhava um guardanapo branquinho, passava entre as pernas dela e – mágica! – o guardanapo voltava vermelho vermelho, ela se assustava, ele sorria. ela se apavorava, a primeira vez!, e agora!, e não era nada, ele ria, ria, era batom.

– Doutor Gabriel, dona Susana está com dor no bumbum.

Ela se deitava de barriga para baixo e deixava a enfermeira tirar tudo, mas não se virava nunca. Ele apertava cada nádega com os dedos polegar e indicador e ia perguntando "Dói aqui?" e ela ia dizendo "Não", "Dói aqui?", "Não", até não restar um só centímetro das duas bochechas sem uma beliscada, um apertão. "Dona Susana não vira de frente porque já tem pelinho", delatou a enfermeira Titina. Queria ver, ela não mostrava, então ele criou uma regra nova: enfermeira tinha de ficar sempre sem a parte de baixo. Susana, esperta, não quis mais ser enfermeira. Aquilo virou uma guerra de espertezas. Ele decidiu que ela já estava boa, não precisava mais se tratar. Ela saiu dizendo "Vou contar tudo pra mamãe se você me tirar" e ele não sentia força na ameaça, ela era quem mais gostava do quiabinho, quem tinha posto o apelido nele, era ela quem mais gostava de olhar, quem achava pouco brincar só às sextas-feiras, dia em que a mãe dele saía às quatro da tarde para se encontrar com o namorado e só voltava às sete, quase sempre alegre, trazendo-lhe um presentinho, por isso foi com alívio e alegria que ouviu a enfermeira Elaine anunciar:

– Dona Susana está esperando neném.

"Ora, muito bem, dona Susana, parabéns, vamos logo ver isso", ele dizia, e sem ajuda da enfermeira desfazia logo o segredo, sim, eram pelinhos, contava oito já longos, ficando escuros, bem no alto, e com a ajuda da lente confirmava que havia vários deles se insinuando, ainda claros porém diferentes, forçando os poros, e constatou também, aproximando e afastando a lente, que não havia nenhum desses crescidinhos mais abaixo.

Oh, as lembranças... as lembranças...

- Doutor Gabriel, uma novidade: dona Arminda está esperando bebê!

Esses casos exigiam exames cuidadosos. O que teria mudado a cabecinha da sua Arminda? Teriam combinado, aquelas duas? Deitava a futura mamãe no sofá e levantava a camiseta até o pescoço e perguntava se já tinha leite para o neném. "Não sei se já tem", ela dizia, e ele dizia que ia verificar, e examinava as rosadas aréolas achatadas, depois recomendava que ela tomasse muito leite, senão o bebê morreria de fome. Pedia que a enfermeira preparasse a paciente para examinar o bebê e ela tirava a roupa de baixo da sua Minda. Ele pedia o termômetro para ver se o bebê estava com frio, ajeitava a ponta de mercúrio entre os lábios da pequena fenda, com a escala de temperatura levantada no ar, de frente para os joelhos, pedia que ela apertasse as pernas para manter o termômetro de pé e ficava, queixo sobre os joelhos dela, observando cientificamente deliciado o fiozinho prateado do mercúrio subir, subir, até parar entre o 36 e o 37. "Está quentinho, doutor?", ela perguntava, e ele dizia sim, está ótimo, e retirava o termômetro. Antes de ela ir embora a enfermeira pegava nele e perguntava: "Pode mostrar pra ela?" "Pode." Ela afastava o avental, baixava os shorts dele e mostrava, tesozinho e pontudo como um quiabo. A cliente olhava intrigada: "O do meu irmão não tem esse bico." "É que a pele vem pra trás", explicava a enfermeira, e mostrava, puxando. "Assim parece", dizia Minda. "Como é que você sabe como é o do seu irmão?", perguntava enciumado. "Ele é sem-vergonha, fica mostrando, mas eu não olho", dizia ela. "Se não olha, como é que sabe como ele é?", perguntava a enfermeira. "Eu olho mas não fico olhando", ela explicava. "Então pode pegar", ele dizia, e ela brincava um pouquinho, curiosa com aquela baba na ponta. "Parece mesmo um quiabo", dizia, e ia.

– Dona Lurdinha foi estuprada.

Ela só deixava examinar no escuro, sempre. Tinha de fechar as janelas, as cortinas, a porta. Com a lanterna e a lente, examinava cada detalhe, o que parecia uma mordida no peito, um roxo no braço, de jeito nenhum ela dizia quem tinha feito, queria saber como tinha sido, repetia os gestos, "Foi assim?", e ela ensinava, "Foi aqui?", e ela guiava, virando. A lanterna mostrava que ali tinha mesmo acontecido alguma coisa, ele não se fechava como o arisco bichinho do mar que tinha visto em Susana.

Lembrar-se não tinha a leveza daquele brincar, a cabeça adulta embutia censuras, mas nada poderia impedir que o menino perdido dentro dele entreabrisse tesouros que o adolescente fechara. Quantos dias meses viveram, ele e elas, a largada fantasia daquela clínica? De que brinquedos proibidos brincariam elas agora, adultas? Com ternura ou vergonha se olhariam, se por acaso, num shopping?

No final daqueles dias meses (impossível saber, tempo é emoção), a ruiva Arminda havia transformado o simples em confusão, em por quês. Num dia dava-se, no outro se negava; abria-se numa consulta, fechava-se na outra; condicionava: "se a Lurdinha for eu não vou"; noutra hora mandava: "corta a China amanhã"; até que: "nesta semana você vai brincar só comigo, na minha casa"; e chamava de namorado; na outra semana não falava com ele nem vinha ao consultório. Por quê? Sem porquê nem pelo qual.

Quando ele finalmente entendeu, fechou por sua própria vontade o consultório e começaram a viver, aos onze anos, o primeiro amor das suas vidas. Agora, um casto amor.

Pensando no assunto

A CIDADE DO PECADO
(O sexo como espetáculo numa visita a Los Angeles em 1998)

ma águia que levantasse voo no sul da Sierra Nevada há 180 anos e fizesse um largo círculo de centenas de quilômetros veria apenas um deserto sem fim e lá perto do mar, na beira do deserto, um pequeno povoado. Chamava-se Nuestra Señora la Reina de Los Angeles, era habitado por menos de 2 mil índios e mestiços mexicanos e por espanhóis. Os Estados Unidos, depois de conquistar parte do território pelas armas, haviam acabado de comprar do México tudo aquilo, desde as montanhas até o Pacífico.

Um helicóptero que cruza hoje as montanhas do sudoeste americano mostra aos passageiros o mesmo deserto, agora cortado por estradas modernas, enormes aquedutos, plantações irrigadas, represas, povoados e, da beira do Pacífico até as fraldas das *sierras*, um mar de casas, edifícios espetaculares, grandes mansões, indústrias, *freeways*: é Los Angeles, condado de 10 milhões de habitantes, 13 milhões na área metropolitana.

Entre a paisagem da águia e a do helicóptero, descobriram ouro na Califórnia, inventaram o cinema como indústria, o avião, a televisão, os computadores pessoais, a internet, e Los Angeles tornou-se a capital mundial do entretenimento. Inclusive sexual.

Os anúncios classificados das publicações de L.A. têm seções de "actors", "casting", "auditions", "extras". Muitos desses anúncios podem ser armadilhas sexuais, mas o mercado do cinema, da TV e dos comerciais precisa de figurantes, devora o que aparece. Trabalho imediato para *"real people"*, pessoas de verdade, no cinema e na TV, pagando até 200 dólares por dia. Perceberam o *real people*? Os moradores, acostumados com a gente de mentira, sabendo que a cidade vive de imitações, que a simulação é a sua razão de ser, usam com frequência essa expressão para escapar do delírio. Mesmo o pessoal que trabalha na indústria da simulação a emprega. Porque em Los Angeles o policial de moto, imponente no seu uniforme preto com algemas brilhando no cinto, parece estar interpretando um policial de moto do cinema; o barman parece um barman de filme; o mâitre é como aqueles da tela; a hostess do restaurante pretende ser Sharon Stone; a funcionária pública da seguridade social parece representar uma funcionária pública da seguridade social...

A cidade foi de tal forma marcada pelos escândalos da vida particular dos astros do cinema, pelas orgias e pelas carreiras construídas de cama em cama, que se tornou não a "meca do cinema", como dizia um lugar-comum da imprensa dos anos 50 e 60, mas da licenciosidade. Quando o pornógrafo editor da revista *Hustler*, Larry Flint, decidiu mudar a sede da sua empresa de Ohio para Los Angeles, disse que ia para "um lugar onde os pervertidos são bem-vindos". É essa a fama. Não se pode dizer, quanto a isso, que a cidade não é inovadora. Tem de tudo o que se conhece no gênero, e muito mais.

Entre as numerosas ofertas eróticas de L.A., algumas são originais. Estúdios fotográficos oferecem modelos nuas para você fotografar com sua máquina, seja uma xereta ou uma Hasselblad. Você realiza a sua fantasia de ser fotógrafo da *Playboy*. As moças são tarimbadas, claro, para dizer o mínimo. No Marina Studios, você tem 30 minutos, a um dólar por minuto, para fotografar uma garota bonita como Christi Lake, "estrela pornô mundialmente famosa" e outras "modelos de verdade da *Playboy*, *Penthouse* e *Hustler*". O estúdio Paris House anuncia: "Lindas modelos vão posar para você totalmente nuas". É preciso reservar hora.

Até na manjadíssima conversa de sacanagem por telefone a cidade onde os pervertidos são bem-vindos tem inovações. Bolaram um jeito de eliminar o interlocutor ou interlocutora profissional, chamadas de *phone actresses*, atrizes telefônicas, e colocam gente comum (*real people*, de novo) falando com gente comum. As empresas que fazem o serviço e publicam os anúncios atuam como intermediárias, uma espécie de mesa telefônica ligando interesses. Funciona assim: você gosta de levar uns tapas no traseiro e quer falar com quem goste de aplicar. A empresa põe vocês em contato. Cobra bem mais barato, algumas tão barato quanto 69 cents por minuto, mas compensam cobrando dos dois lados. A concorrência faz promoções ousadas: a Intimate Encounter nada cobra das mulheres que procuram homens.

Sex shops, no estilo que os brasileiros conhecem, são coisas do passado, como são os armazéns de balcão. A inovadora L. A. substituiu-as por *men's clubs* e lojas de departamentos, verdadeiros supermercados de sexo, com as seções de enlatados (vídeos, CD-Roms, games), bebidas (bar com dança de balcão), brinquedos (todos os objetos penetrantes imagináveis), ferramentas (para o pessoal sadomasô pesado), fantasias (couros, látex, lingeries, máscaras, sapatos etc), publicações (livros e revistas), papelaria (cartões de mensagens pesadas, posters etc), cosméticos (lubrificantes, óleos para massagens, cremes dessensibilizantes), joalheria (piercing, anéis, pingentes em forma de genitais), carne fresca (moças que tiram a roupa ao vivo em cabinas particulares) e bonecas infláveis (para homens e mulheres, penetráveis e penetrantes). The Pleasure Chest anuncia-se como "a maior e mais fina loja de departamentos erótica do mundo". Os tímidos podem comprar por telefone ou pela Internet.

Na busca da originalidade, uma cabeleireira ruiva, treinada em Londres, oferece seus serviços *topless*. Ao telefone, uma voz feminina informa que, sim, corta cabelos apenas de homens, de busto nu. E apenas corta cabelos. Outros serviços estão disponíveis? *Well...*

Há lugar nesse mercado até para senhoras idosas. Uma se oferece assim: "*Exciting older woman*" – excitante mulher de idade, e dá o telefone. São numerosas as ofertas de mulheres "*mature*", maduras; uma propagandeia até a idade, 50 anos. Entre as várias opções oferecidas por um anunciante (orientais, gatas negras, hispânicas, senhores), destaca-se o título "*Horny old women*", velhas excitadas.

Nada, entretanto, supera este serviço 24 horas para voyeurs: eles devem levar uma câmara de vídeo e mais a namorada, esposa ou eventual, e entregá-la aos cuidados eróticos de um dos cinco "atendentes", à escolha, e gravar tudo.

É um mercado de trabalho voraz, que promete rendimentos de 750 dólares semanais para homens (diz o anúncio: "Ei, caras! Mulheres pagam você!"); até 15 dólares por hora para mulheres ouvirem e falarem besteiras ao telefone; de 100 a 200 por dia para dançarinas "totalmente nuas". Mercado que atrai "modelos" para posar nuas para fotos, fazer filmes e vídeos "para adultos", dispensando experiência e portfolios. Moças que posam nuas para revistas fazem também *striptease* pelas casas de West Hollywood, região onde Divine Brown e Hugh Grant foram detidos por praticarem sexo oral no carro estacionado na rua, e animam festinhas em Beverly Hills. É a chance que elas têm de aparecer, de cruzar com alguém importante do cinema.

Os americanos são ao mesmo tempo obcecados e assustados com sexo. O estupro é o limite. Pode-se assistir a uma demonstração de defesa pessoal contra estupradores. A instrutora, uma lourinha musculosa, dedicou-se a essa guerra após ser estuprada seguidamente por sete homens. Disse que o estuprador não quer essencialmente sexo, sexo é o dano colateral; ele quer é humilhar, subjugar, infligir sofrimento. Faziam parte da demonstração dois "estupradores", atores, superprotegidos nas partes baixas e na cabeça. Em 32 simulações de ataques diferentes, bastante realistas, os estupradores não tiveram uma chance. Começa o show: o homem, bêbado, aborda uma garota, ela diz energicamente: "Vai embora!" O que se segue é de uma violência súbita e surpreendente: o homem ataca, leva joelhada nas partes, arrasta a garota na queda, caem de costas no chão, ela o atinge com fulminantes golpes de calcanhar no saco e no rosto, repetidas vezes, sem lhe dar tempo para reação. Se ele não tivesse proteção, seu rosto estaria uma papa de sangue; os ovos, uma omelete.

AMOR A VAREJO

aqueles anos havia cabarés, dancings, zona, hotéis de sobe-e-desce, rendez-vous, e havia mulheres, moças umas e nem tanto outras, que ficavam nas escadas, portas e janelas a encorajar com olhares, boquitas e beijinhos os necessitados hesitantes. Havia outras, já senhoras, algumas idosas, brancas, de origem europeia, chamadas "polacas", desdentadas, que das janelas mamavam o ar, sugerindo aos passantes sua especialidade. Por que estariam ali, naquela vida, na pequena Belo Horizonte, bem mais velhas do que a cidade? Que caminhos haviam percorrido? Ainda se podia ver, nos primeiros anos 50, o vaivém do amor a varejo. Muitas décadas mais tarde, aprendi, em São Paulo, que aquelas senhoras eram restos de um drama que se desenrolou paralelo à grande imigração para as Américas e às guerras na Europa.

O tráfico de europeias para desfrute dos paulistanos, dos fluminenses, dos fazendeiros do interior de São Paulo e do Sul de Minas não é lenda. Em 1914, mais de 500 das 812 prostitutas registradas na polícia de São Paulo eram estrangeiras. Destas, 186 eram russas, 80 italianas, 52 alemãs, 50 francesas.

Oito anos mais tarde, em 1922, havia 468 prostitutas listadas como russas, 255 francesas, 245 italianas, 75 alemãs e 60 austríacas entre as 1593 prostitutas estrangeiras registradas. O regime comunista de Lênin tinha cinco anos, a Primeira Guerra Mundial devastara a Europa e terminara havia quatro anos. (Estes dados da polícia estão publicados no livro *Crimes, Criminosos e Criminalidade em São Paulo*, 1988, de Guido Fonseca.) Na mesma semana de 22 em que Oswald e Mário de Andrade, Menotti del Picchia, Villa-Lobos e amigos faziam no Teatro Municipal uma ruidosa revolução nas artes brasileiras, essas moças davam uma sacudida nos costumes da capital paulista.

Elas eram recrutadas por cafetões em toda a Europa. Desembarcavam dos navios em Santos ou no Rio, ou faziam antes uma parada técnica em Buenos Aires, de onde eram redistribuídas para o Rio e São Paulo. Muitas vinham enganadas, casadas com cafetões que as colocavam em circulação. A maioria, entretanto, vinha mesmo fazer a América *com* os americanos.

Numa época em que as drogas eram livres e os consumidores, poucos, a prostituição era o grande negócio das quadrilhas mafiosas. Era bem conhecida a organização criminosa judia Zwi Migdal, que fornecia mulheres – principalmente garotas judias da Europa Central – para as praças de Buenos Aires, Montevidéu, Porto Alegre, Rio, Santos e São Paulo. Esta história é contada num livro-reportagem de um daqueles loucos repórteres dos anos 1910/1920: *Le Che-*

min de Buenos Aires, 1927, de Albert Londres. Livro apreciado pelo cineasta russo Serguei Eisenstein.

A distribuição das moças, muitas vezes, se fazia com um leilão em Buenos Aires. Conta o argentino Julio L. Alsogaray, em suas crônicas *Trilogia de la Trata de Blancas*, de 1933: "Ao descerrarem as cortinas, mostrava-se à vista da concorrência um número de mulheres nuas. O leiloeiro dirigia a operação, recebendo as ofertas que se faziam em voz alta. Os que achavam necessário aproximavam-se das escravas para apalpar suas formas."

Quem adquiria peças do lote tinha direito à maior parte dos rendimentos que elas proporcionavam. Outras vezes eles iam apanhá-las na Europa. Era uma ligação indissolúvel pela vontade da mulher, a menos que o investidor considerasse ressarcidas as suas despesas e o lucro, suficiente. Claro, havia mulheres *free lancers*, mas pouquíssimas podiam pagar os próprios custos da longa viagem, alimentação, roupas, sapatos, maquiagem, cabeleireiros, bijuteria. E, pior, tinham de ter um protetor, para não ser maltratadas pelos rufiões. Sozinhas, arriscavam-se. Eram, então, aliciadas nos portos e nos próprios navios, como conta a historiadora paulista Margareth Rago no seu excelente livro *Os Prazeres da Noite*, 1991.

A chegada de carne nova movimentava um centro de consumo, por isso era comum o rodízio de cidades imposto pelos cafetões. Um dos objetivos do rodízio era desfazer as amizades, namoros e casamentos que surgiam em permanências prolongadas. O mercado era intenso. Em 1912, a Argentina aprovou a Lei Palacios, que expulsava do país os cafetões estrangeiros. Pois bem: só no ano de 1913, as autoridades portuárias do Rio de Janeiro impediram a entrada de 1068 cáftens vindos de Buenos Aires. A expressão "tráfico de escravas brancas" não era imprópria e nem uma imagem literária.

O nome depreciativo "polaca" não era aplicado apenas às mulheres de origem polonesa, nem exclusivamente às europeias de origem judia. Era, no Rio, São Paulo, Porto Alegre, Santos, Belo Horizonte, um nome genérico para prostitutas louras de origem europeia, assim como "turco" era aplicado indistintamente a turcos, árabes, armênios, sírios, cipriotas.

No livro-reportagem *Le Chemin de Buenos Aires*, Albert Londres conta que foi ao "celeiro" do tráfico, narra o que viu num acampamento judeu no interior da Polônia, em tudo semelhante aos da Romênia, Hungria, Rússia, Iugoslávia, Áustria, de judeus ou não-judeus:

"Aquele acampamento era um imenso tapete de estrume, e as silhuetas imprecisas desses judeus pareciam elevar-se dessa lixeira como vapores que teriam tomado uma forma vagamente humana. (...) Por trás dos tapumes, as mulheres coziam, liam. As velhas abaixavam a cortina, as jovens também, mas com menos precipitação. Era possível ver que algumas delas eram bonitas. (...) É nessa aldeia e nas que se assemelham que os cáftens poloneses, os polacos, vão 'se abastecer'."

O escritor gaúcho Moacyr Scliar contou no romance *O Ciclo das Águas* a história de uma garota pobre, judia polonesa, que é atraída para o meretrício no Brasil. E era uma personagem da vida real, que conheceu como médico.

Das praças maiores, Rio, São Paulo, Santos, as escravas brancas eram repassadas para as menores: Belo Horizonte, a Ilhéus do cacau, o Norte da borracha, Porto Alegre. Curiosamente, as negras brasileiras eram minoria nesse mercado, ao contrário do que acontecia nos séculos anteriores. Em 1915, das 269 prostitutas fichadas em SP, 177 eram brancas. Vinte anos mais tarde, das 10.008 fichadas, 8077 eram brancas, apenas 647 pretas, 1150 pardas, 134 "amarelas". Era a entrada das japonesas e chinesas no circuito. Várias dessas moças eram usadas para posar nuas nos teatros dos fins de noite, o "nu artístico", ou fazer cenas de "estátuas vivas" nuas no abre-fecha das cortinas dos cafés-concertos.

Pode ter sido por meio dessa importação cultural — pois a Europa fornecia a maioria das mulheres, a maioria dos cáftens e a maior parte do vocabulário para as técnicas sexuais introduzidas pelas "polacas" e também os locais do trabalho (palavras como *minette, miché, boucheé, fleur-de-rose, rendez-vous, garçonnière,* e tantas outras) — que o hábito de beber do brasileiro boêmio mudou. Antes bebia-se chope, cerveja, vermute, conhaque, rum. Junto com as prostitutas e cocottes estrangeiras, o champanha entrou firme na vida boêmia nacional, conforme conta deliciosamente o romance *Madame Pommery,* de Hilário Tácito, de 1920. A tal ponto que virou uma espécie de bebida de bordel. A *Revista Feminina*, na segunda década do século 20, criticava as mulheres da sociedade, argumentando: como podemos criticar os costumes se nós mesmas nos "enchampanhamos como as marafonas"? Um pouco mais tarde, Noel Rosa cantou em *A Dama do Cabaré*:

> *"Foi num cabaré da Lapa*
> *Que eu conheci você*
> *Fumando cigarro,*
> *Entornando champanha no seu soirée"...*

O vinho já havia chegado com os portugueses, fazia parte dos jantares nas ocasiões festivas. Antes da imigração, bebiam-se refrescos durante o almoço. Após a refeição, um licor, de frutas da terra. Quem podia, servia algum sabor importado, de cereja, morango, framboesa, groselha, baunilha, frutas que não havia aqui. Como digestivo, um porto. Cachaça? Coisa de trabalhador braçal, de botequim e de gente do campo.

No rastro dos trabalhadores imigrantes, a partir da segunda metade do século anterior, o 19, chegaram novidades: vermute e chope com os alemães, o hábito do vinho diário com os italianos e espanhóis. Nas confeitarias serviam-se bebidas "fortes" de influência e pronúncia francesa: cognac, pernod. E uma bebida de marinheiros, difundida desde a época dos piratas: o rum. A cerveja, servida gelada devido ao clima, logo se popularizou na forma de *chopp*, o chope de hoje. O alemão Antonio Zerrenner, importador de cerveja, criou a primeira fábrica, em 1889; em 91, criou a grande Companhia Antárctica Paulista, que começou a abastecer o Brasil. Em São Paulo, virou moda servir o chope por garçonetes, o que aumentou o consumo. O jornal Correio Paulistano protestava, em 1896: "O chops é servido por mulheres e isto pouco recomenda a ordem daquela casa". A bebida tornou-se tão popular que durante a guerra de 1914-1918 a única empresa de alemães que escapou do boicote foi a Antárctica.

Foi na segunda década do século 20 que o champanha entrou firme na vida boêmia. A Câmara municipal aprovou lei proibindo bebidas alcoólicas após a meia-noite. O romancista Hilário Tácito argumentou, em *Madame Pommery*, que a lei foi criada para brecar o champanha. Diz uma prostituta do romance: "- Basta beber três 'portos' para eu ficar tonta; Cognac, então... piorou. Não há como champanha!" Da mesma forma, "el champán" corria solto nos cabarés de Buenos Aires e nas letras dos tangos.

Nem só as champanhotas perdiam os boêmios. As drogas pesadas eram "vícios elegantes", não chegavam ao populacho. Cocaína, morfina, ópio, éter, trivalerina. Uma tese universitária de 1925, do médico Orlando Vairo, dizia que até senhoras casadas eram viciadas em éter. O Jornal do Comércio, em 21, dizia: "Nas casas de família, o vício que está em moda é a trivalerine em injeções e o ether." Trivalerina era um produto farmacêutico do Laboratório Silva Araujo & Cia, com anúncio publicado no jornal O *Estado de S. Paulo*, que dizia: "medicação sedativa e analgésica de efeito seguro e rápido. Composição de cafeína, cocaína e morfina, combinadas com o ácido valeriânico". Uma bomba.

Envolvidos na distribuição discreta estavam médicos, farmacêuticos, dentistas, garçons, porteiros, choferes, cafetinas. O Jornal do Comércio, na sua campanha de 1921, falava dos luxuosos apartamentos e *garçonnières* onde mulheres e rapazes passavam dias e noites seguidos, "entregues ao maldito vício dos tóxicos ou então às cachimbadas do repugnante ópio e do hachichi" (sic).

Não era exagero. Vários romances da época contam os mesmos fatos, sem o tom editorialesco da imprensa daqueles dias. No romance *Amar, Verbo Intransitivo*, de Mário de Andrade, de 1927, o medo das drogas e doenças nos prostíbulos faz o pai do rapazinho protagonista contratar uma "governanta" alemã para iniciá-lo sexualmente. O poeta Manuel Bandeira abre o seu livro *Libertinagem*, de 1930, com o poema que diz:

Uns tomam éter, outros cocaína
Eu já tomei tristeza, hoje tomo alegria.

Os tempos passaram, o país cresceu, a dissipação dos mais ricos mudou de ambiente, veio outra guerra, veio a influência norte-americana, novos estilos de vida, novos hábitos. Restaram, até desaparecer para sempre, as "polacas".

BROCHAR É HUMANO

arceiro solidário nas falhas humanas, o homem no entanto carrega sozinho a culpa quando falha no momento crucial do amor. Só a ele caberia desempenhar aquela missão de repente impossível. Pode a mulher falhar e ainda assim receber o amante: frustra-se apenas um. Quando o homem falha, é a espécie que falha, a dupla que se frustra, o amor que se cobre de sombras. Até a palavra usada nessas ocasiões – brochar – veio para humilhar. A semântica de vigor contida nas palavras que designam o falo – ferro, pau, cacete – é substituída pela semântica de docilidade e moleza de um pincel, a brocha.

A brochada é a falha essencial, a negação do estado que dá sentido ao erétil.

É a súbita inutilidade do útil, como o não acender-se de

uma lâmpada.

É a negação da semente, da reprodução, é a avareza, o não dar-se.

É a imobilidade do expansível, é alguma coisa recusar-se a ser o que deve ser (como se o humano pudesse dizer: penso, logo não existo).

É a vergonha, a incompetência, o vexame, o opróbrio, a desmoralização, a humilhação, o desespero.

É a repentina impossibilidade do prazer, abrindo a possibilidade do sofrer.

É o querer sem poder, a ânsia, a volta dos medos como na infância, tudo maior do que nós, e mais incompreensível, mais ameaçador, mais inevitável, mais assustador.

É o medo do escuro, da caverna, da coisa peluda, do bicho papão.

É a punição do orgulho, o castigo da macheza.

É o aviso, a cobrança, o conselho; é o stress, o infarto, o piripaque; é o sinal, o indício, o presságio.

É a quebra da função, o fim dos fins, como um rádio sem som, uma televisão sem imagem, um computador que não processa, um carro que não anda, uma abelha que não trabalha, uma bomba que não explode.

É a traição do desejo, a punição do orgulho, a baixada de bola.

É o heroísmo teimoso do maratonista exausto: eu chego lá!

É vontade demais, contraindo, comprimindo cama, espelhos, sapatos, gravata, sutiã, calcinha, uísque, pelos, seios, vulva, na mesma sede ansiosa.

É a insegurança, o medo de não agradar premido pela vontade mais funda de agradar.

É a ansiedade, o querer ser perfeito, o exagero na aposta.

É a sagração, a deificação, a exaltação da mulher.

É um exagero de emoção: sufoco, desamparo, paixão.

QUANTO É BOM PRA VOCÊ?

Nossa sociedade tende a ver o homem que transa muito com admiração, um campeão, macho pra caramba. Já a mulher que transa tanto quanto ele, e até com menor número de parceiros, é vista como galinha, putinha, ninfomaníaca.

O orgulho e os preconceitos morais masculinos sempre foram determinantes do conceito popular de ninfomania. A palavra carrega, por isso, um peso milenar de preconceitos. Modernamente, a psiquiatria restringe essa classificação a comportamentos sexuais compulsivos, descontrolados, que provocam algum tipo de sofrimento na própria pessoa ou nas pessoas com as quais convive. Nos tribunais, a palavra ninfomania estigmatizava muitas mulheres em processos litigiosos de separação. Hoje menos. A definição forense é curta: "Estado patológico da mulher, que a impele à prática incessante do ato sexual". Como comprovar a patologia? Com depoimentos? Testes? A brecha para caracterizações nebulosas e apurações imprecisas, escoradas em antigos preconceitos, é muito grande.

Uma coisa é a sexualidade patológica, raridade, que se admite como tal apenas quando a própria mulher procura ajuda por sentir-se doente – e outra coisa é o sentido popular do termo ninfomaníaca. Deixemos de lado os especialistas. A sociedade não suporta mulher que gosta muito de sexo, vai logo falando de cio, de cadela, de animal. É preconceito. Com pequena malícia, pode-se dizer que é chamada de ninfomaníaca a mulher que transa mais intensamente do que o homem com quem está transando; ou mais do que as rivais que desejam transar com ele. Medo dele, inveja delas.

É preciso admitir: o homem comum tem medo da mulher superativa, hipersexuada. Costuma aplicar a ela outra palavra preconceituosa: insaciável. Na verdade, o que o termo indica é a incapacidade dele de saciá-la. Machado de Assis diz pela boca do narrador Brás Cubas que a bela Virgília tinha a boca "fresca como a madrugada, e insaciável como a morte". Boca, no caso, é metáfora, e insaciável é isto: Cubas não era homem para ela, que tinha dois.

A palavra que designa a hipersexualidade masculina nem é conhecida popularmente: satiríase. Daí, ele não é apontado por seus excessos, pois a palavra nem existe na boca do povo para expressá-los. Ao contrário, ele é considerado mais macho do que os outros. A literatura latino-americana é cheia desses machos, criados por seus autores com mal disfarçada idealização. Gilberto Freyre promove uma estetização da potência conquistadora ao descrever o colonizador comedor de índias e negras. Só uma piroca heroica como aquela poderia dominar o continente hostil.

A quantidade satisfatória de sexo não é igual para todos, como não é a de açúcar, de comida, de sono, de televisão, de caminhar etc. Que fazer quando a mulher está ainda doidona na cama e o cara já quer ligar a tevê? E quando o cara deu uma e ela acha que já está bom? O ideal seria que apetites iguais se procurassem para os banquetes horizontais. Assim como o *Kama Sutra* recomenda que o homem e a mulher de apetrechos genitais de tamanhos compatíveis se procurem para a perfeita harmonia, sem sobrar ou faltar, é aconselhável que os quentes se deitem com os quentes e os mornos com os mornos.

POEMINHA
SAFADO

CPI

chega de rachadinha
diz o deputado
agora eu vou
chupar laranjas

ALMOÇO

come amor
esta carne

amassa bem
esta massa

lambuza
abusa

prova
delícias com sevícias

põe amor
esses ovos pra fritar

faz uma farofa
nesta chapa quente

lambe
lambe
lambe esse molho!

POEMINHA
SAFADO

MÊNSTRUO

a gaúcha servindo-se
– tu comes carne vermelha?

Pensando no assunto

SEM VERGONHA

Bobagem dizer: o homem é o único animal que ri – como se fosse a diferença fundamental. São centenas as diferenças, e todas fundamentais: é o único animal que come de tudo, que joga futebol, lê, costura, casa-se no civil, manda e-mail, toca violão, joga na Bolsa etc etc. É também o único animal grilado com sexo.

Só em piada pode-se imaginar um leão dizendo para a leoa: "Foi bom pra você?" Ou um macaco para a macaca: "E aí, xuxureca, valeu?"

Há quem diga que a trepada dos animais é mais funcional e que o tipo de prazer humano se elabora na imaginação. É difícil acreditar que outros bichos não tenham prazer, gozo, orgasmos, uau, ui-ui-ui. Pareceriam absurdas aquelas lutas ferozes para conquistar a fêmea, mortes, a ruidosa conjunção dos felinos, os repetecos, a aflição dos cães, o relincho dos cavalos, enfim, toda aquela barulheira somente pela preservação da espécie, sem um ganho imediato e insubstituível, o gozo.

Se a humanidade não tivesse prazer sexual, seria impossível tirar o macho do boteco, do futebol ou da praia, só para dar uma perpetuadinha na espécie. Sem chance. O prazer tornou-se mais importante do que a espécie, que já está garantida e é até incômoda de tão numerosa.

Mas o prazer, pelo menos o humano, não é automático, depende da atuação de cada um. Uma das conclusões que se pode tirar de um estudo do comportamento sexual brasileiro, feito pelo Instituto de Psiquiatria do Hospital das Clínicas de São Paulo, é que o desempenho é uma das maiores preocupações dos casais.

Cinco dos sete maiores medos do homem brasileiro durante uma transa estão relacionados com o desempenho: não satisfazer a parceira (é o campeão), perder a ereção, ter ejaculação precoce, não conseguir dar mais uma e não chegar ao orgasmo. E quatro dos sete medos das mulheres também vão pelo mesmo caminho: não satisfazer o parceiro, não chegar ao orgasmo, que o homem tenha ejaculação precoce, não saber fazer algo que o homem peça.

Fora esses, aparecem na pesquisa dois medos bem concretos, Aids e gravidez, e um pouco definido: "não ser aceito pelo parceiro" O que será?: é ter pênis pequeno, seios caídos, celulite, excesso de pelos? O fantasma é mesmo o desempenho. Todos querem ser o gostosão, a deliciosa, uma boa transa.

De onde vem a insegurança? Pelo menos o básico da festinha – sexo oral e muito beijo – o pessoal pratica, segundo a pesquisa: 65% dos homens, 52% das mulheres. Mas... Alguns medos funcionais, como o da ejaculação precoce, o de não chegar ao orgasmo, o de perder a ereção, estão ligados ao medo geral de não satisfazer. Seriam a causa; o efeito seria não satisfazer. Ao procurar explicações os pesquisadores começam a fugir do miolo da questão.

Sim, as falhas funcionais podem ter relação com estresse e ansiedade, mas na maioria dos casos essa explicação é simplificadora, atribui o problema a fatores externos, culpa da "vida moderna". A pessoa satisfaz-se com essa explicação e não procura melhorar seu desempenho. Não vê as próprias deficiências. O cara e a carinha transam inseguros porque não estudaram para a prova, vão sem confiança para o teste da cama. Fizeram a graduação, esqueceram o mestrado e o estágio.

Vamos lá? Deixar a desculpa do estresse, da ansiedade, das pressões da vida moderna e procurar fazer as coisas direito, com aplicação, constância, charme, curiosidade, conversa, tato, muito tato, e sem vergonha.

O TAMANHO DO PROBLEMA

s intelectuais das áreas psicológica, sociológica, antropológica, sexológica e semelhantes, que falam de "orgulho fálico" para caracterizar certa arrogância masculina de origem genital, não imaginam que há incertezas e em certos casos até angústia de ter um falo. A expressão "orgulho fálico", que enfeitou alguns discursos psicanalíticos ao longo dos últimos cem anos, talvez se aplique aos atletas sexuais dos filmes pornôs, aqueles que podem se afastar um palmo da moça, sem tirar, para o olho da câmara apreciar o trabalho. Aos outros 90 % dos machos da espécie humana é que não se aplica. Desde a puberdade somos afrontados pelos avantajados.

Ainda garotos vemos naquelas revistinhas de sacanagem homens com pirocas enormes e mulheres com os calcanhares para o alto deliciando-se só de ver o vulto da coisa. Sonhamos que quando crescermos teremos uma daquelas. Desenhos nos muros, nos banheiros masculinos, gravuras antigas, pênis voadores, frades libertinos, pinturas em ruínas romanas, revistas, piadas – toda a pornografia visual e oral que nos cai nas mãos e nos ouvidos durante a mocidade informa-nos que tamanho é documento. Chega a época de vermos filmes eróticos e a comparação dos apetrechos de lá e de cá só aumenta a inveja. Ah, dr. Freud, a sua habilidosa concepção da inveja do pênis que acomete as meninas é pouca coisa diante da inveja do pênis que acomete os homens. Não se trata de não ter e querer, mas sim de algo mais perturbador: de ter e não ter.

A escultura clássica e renascentista não é um consolo, nem a pintura romântica, nem o são os vasos gregos. Aqueles delicados pintinhos de deuses e heróis, de um Davi de Michelangelo, ou dos guerreiros pintados pelo bonapartista Jacques-Louis David são suplantados no imaginário masculino pelos portentosos membros de sátiros da pornografia anônima milenar. Poetas da excitada leitura juvenil masculina, como Bocage, agravam a humilhação. Ele descreve a trepada de um negro, "cujo nervo é de sorte, e tem tal vulto / que excede o longo espeto de um cavalo", para concluir, ó céus, que "tais porrões" não são do agrado das moças: "que lhes não pode enfim causar recreio / aquele que passar de um palmo e meio". Céus! Um palmo e meio! E qual é o mínimo para "causar recreio"? Um palmo? Meio? Dúvida atroz.

É um dos raros casos em que a minoria anatômica dita o padrão para a maioria silenciosa. E muitos homens, até esclarecidos, ficam atarantados com isso. Muitos urinam de lado nos mictórios públicos, ou procuram os vasos sanitários, mais discretos. Outros só trepam de luz apagada. Há homens que se submetem a operações arriscadas para ganhar um centímetro de comprimento. Ernest Hemingway conta no livro *A Moveable Feast/Paris É uma Festa* que o escritor Scott Fitzgerald se atormentava com suas próprias (no caso impróprias?) medidas, que talvez não fossem suficientes para o gosto, a capacidade ou as fantasias da bela Zelda, sua mulher. O pobre Scott chegou a arriar as calças para submeter-se à consideração do então amigo Hemingway, que achou normal o que viu e tentou tranquilizar Scott, sem muita convicção, sem muito êxito.

Caso diametralmente diverso é o do esquisito radialista norte-americano Howard Stern, dos anos de 1990, líder absoluto de audiência, que escandalizava e divertia o ouvinte em rede nacional a partir das 8 da manhã, falando os maiores absurdos. Um assunto diário dele era o tamanho do seu pênis: - tenho pau de criança, anunciava. Caso raro de orgulho minifálico. Pois saibam, caríssimos, que, apesar de Howard ser além de tudo feio, chovia mulher na horta dele, à procura do mínimo detalhe.

Há 1500 anos, um sábio indiano, considerando que as pessoas têm diferentes medidas genitais, já havia anotado uma solução para o problema do prazer sexual. Não inventou nada, limitou-se a transcrever e comentar velhíssimos textos de sua civilização e reuni-los em um livro de ensinamentos, o *Kama Sutra*. A palavrinha mágica é adequação. Um homem pode ser coelho, touro ou cavalo, conforme as medidas do seu pênis, e a mulher pode ser corça, égua ou elefanta, segundo a capacidade de sua vagina. A união de um coelho com uma égua será insatisfatória, embora possam chegar a bons resultados com a ajuda de alguns adereços. Sim, naquele tempo já havia desses brinquedinhos. Mas como é que um casal vai saber se é adequado? Conversando, experimentando.

Em uma enquete da *Playboy*, nos anos de glória da revista, só duas entre oito modelos confessaram que gostavam de se sentir "entaladas". Três mulheres bonitas, de boa e variada atividade sexual, me confirmaram que o melhor sexo que haviam feito fora com um amigo meu, e o dele é um pouquinho abaixo da média nacional, 12 centímetros. Cabe repetir a velha piada: o importante é a mágica, não o tamanho da varinha.

DE HOMEM PARA HOMEM

Quantas vezes você faz sexo pr semana? Quantas por mês? Quantas você dá numa noite? Cuidado com essa conversa de bar. O homem não deve cair na armadilha de idealizar uma quantidade que não é a sua. Apetites variam. Há muita bravata nos bares e pouco capricho nos lares. Temos de pensar principalmente na qualidade. Quanto sexo a sua companheira quer? Mais ou menos do que você? Já parou para pensar nisso? Ela quer menos? Talvez o pouco desejo seja conseqüência da má qualidade. Quanto melhor for a trepada para ela, mais ela vai querer. Ou pode ficar satisfeita por uma semana. Depois de acertar a qualidade é que se deve negociar a quantidade. Se for menos do que você quer, veja se dá para ela encaixar umas extras, numa boa. Se for mais, prepare-se para atendê-la, numa ótima. Senão, ou ela vai às compras ou vai à luta. Ou as duas coisas...

Muitas mulheres morrem de curiosidade de saber como é uma loja de artigos eróticos e não têm coragem de entrar sozinhas. É um mundo que o homem atencioso pode ajudá-las a desvendar. Acompanhando-as. São lojas de supérfluos, quase nada ali é necessário. A rigor vocês não precisariam de outro pênis, ainda mais de plástico, de um vibrador ou de uma camisinha sabor morango, mas para brincar é bom. Os práticos vão perguntar: se não precisa, para que ir lá? Ora, ninguém precisa de cinema, doce de leite ou carro importado, mas é bom não é? Sex shops podem ser um parquinho de diversões. Escolher juntos a brincadeira. Estudar possibilidades. Adivinhar usos insólitos. Descobrir novidades. Imaginar a perversão alheia. Conhecer, escandalizar-se. Ouvir da acompanhante a recusa excitada: "Ah, isso em mim, nunca!" Uma recusa cheia de promessas...

O homem, o produto cultural homem moderno tornou-se vítima das bravatas do homem. Ele fantasia que é desafiado a domar qualquer xota, e todas ele imagina que são exigentes e desafiadoras. Não é uma guerra, meu, na realidade xotas são dóceis e acolhedoras. É da natureza delas. Você é intimidado pelo ideal masculino que você herdou. Não é a mulher que exige de você o máximo de macheza, é você mesmo. Nas entrevistas em que falam de prazer, as mulheres preferem carinhos à chamada surra de pau. Muitos conflitos de insuficiência, incompetência e inapetência nascem daí.

O docemente macho aproveita melhor a mulher. Dá-se mais, recebe mais. Estimula a sede e vai suprindo-a. Cria necessidades que se compraz em satisfazer. Não teme fazer a mulher perceber que necessita dela, pois sabe que isso a torna generosa em ofertas. Não evita a paixão e seus subprodutos: sexo amoroso, flores, telefonemas. Considera o toque sedoso um gerador de respostas mais agradecidas do que a estocada abrupta. Sabe esperar a hora desta, e obedecer à ordem urgente: põe, põe! Comanda, obediente. Experimente ser menos macho, nem que seja por interesse. O retorno talvez faça de você um adepto.

Você sente tesão pela sua mulher? Um homem não pergunta isso a outro homem. Uma mulher, com aquela liberdade fantástica que elas dão à própria língua, pergunta tranquilamente a uma colega de ginástica se tem tesão pelo marido, e logo enveredam por comparações de intensidade e frequência. O homem não pergunta para não ser perguntado. Porém, falar de tesão por qualquer outra mulher, é com ele mesmo. Ele nunca diz algo «negativo» sobre a própria sexualidade. Numa carta à *Playboy*, há tempos, uma mulher disse que o marido sempre se masturbava na cama, ao lado dela, e não a possuía. Sabe-se: os maiores fregueses de prostitutas e travestis são homens casados. Ora, direis, um homem pode gostar de comida caseira e almoçar fora de vez em quando, não pode? Pode, pode. A mulher também...Tesão é lá e cá. Se um dos dois para de encostar, pegar, provocar, mostrar, oferecer, cuidar do físico... é falta de tesão. Pelo outro ou pela vida.

POEMINHA SAFADO

PAPAI MAMÃE

Põe tira
Tira põe
Põe tira
Tira põe
Põe tira
Tira põe
– Êta vida besta, meu Deus!

POEMINHA SAFADO

CONVERSA

dois dedinhos
de prosa
sob o elástico
da calcinha

ENDEREÇOS DO DESEJO

OS SEIOS

Sejamos francos: nem as mulheres pensam nos seus seios como órgãos de amamentação. Para elas e para os homens, o que conta é o ornamento, a sedução, o toque sensual, o arrepio, o papel que eles desempenham antes, durante e depois. Daí resulta que os atributos mais valorizados dos seios são as linhas, os volumes, a posição, a proporção, a firmeza, as cores, a sedosidade, o movimento, a sensibilidade, a visibilidade - a beleza, enfim. Sob esse aspecto, esta é, na verdade, a era dos seios. Em nenhum outro tempo eles lutaram tanto para aparecer, partindo da invisibilidade total para a franca exposição de hoje. Em nenhum outro foram tratados, cuidados, moldados, reformados, recheados como neste. Em nenhum outro tão cantados, louvados, cobiçados, explorados. Vamos, então, falar de seios.

Seios, da liberdade antiga à nova liberdade, uma longa história

Dentre os vários nomes dos atraentes volumes que enfeitam o tórax das mulheres, *seio* e *peito* são os mais neutros. *Teta* é grosseiro. Um cavalheiro ou uma mulher jamais usam essa palavra. *Mama* é jargão de médico. Será que médico chama o seio da namorada de mama? Tudo bem, dizer câncer de mama. Mas "quero beijar sua mama" seria um desastre. Já *peitinho* é coisa de sacana, de libidinoso, se diz cobiçando, língua pronta, não se refere exatamente ao tamanho do seio. *Peitão*, sim, tem o que ver com tamanho, e é dito com tesão por quem aprecia os volumosos. *Peitaria* é grossura e também designa tamanho; se diz com admiração: "que peitaria, heim?". *Poma* só se encontra na poesia. Raimundo Correia cantou «as torres de marfim das pomas nuas», Castro Alves rimou aroma com poma. *Mamá* é termo para crianças. *Busto* é meio pudico e lembra escultura, termo geralmente usado para dizer que o artefato está nu. E *glândula mamária* é a vovozinha.

Na Antiguidade, os seios eram exibidos francamente e representados como atributo de fertilidade e vida. No Egito, acreditava-se que o leite materno é que transmitia a raça. Com o tempo foi ocorrendo em algumas culturas a erotização do seio. Um poema anônimo indiano de 15 séculos antes de Cristo diz que os seios alimentam os filhos e "saciam a fome dos homens maduros". Já era sacanagem.

Depois que Eva e Adão perderam a inocência, perceberam que estavam nus, diz a Bíblia, e fizeram cintas de folha de figueira com que cobriram seus frutos proibidos. Os seios ficaram de fora.

Com a erotização, os seios passaram a ser guardados. As gregas só cobriram os delas por volta do século 2 a.C., época da ocupação romana. Durante quase toda a Idade Média os seios ocidentais permaneceram cobertos. Descobrir, ver, espreitar um biquinho passou a dar tesão.

No século 13, na licenciosa Veneza e no norte da Itália, eles reapareceram quase nus em banquetes. O poeta Dante Alighieri mandou-os para o inferno: "as penas do inferno a quem mostra suas infames tetas".

Em algumas cortes da Europa, os peitos quase saltavam para fora do decote no século 16, e a nudez era deslumbrante nas telas dos pintores renascentistas, enquanto a Igreja estava enfraquecida pela Reforma luterana. Logo a Contra-Reforma botou os peitos para dentro. Nos quadros, os biquinhos passaram a ser pintados de branco.

Um quadro famoso de um anônimo da escola de Fontainebleau, do século 17, mostra a duquesa Gabrielle d'Estrées e sua irmã, esta beliscando delicadamente o biquinho do seio da duquesa. Na mesma época, o monge italiano Agnolo Firenzuola, no *Diálogo Sobre a Beleza das Mulheres,* escreveu que os seios eram "duas colinas de neve e rosas com duas coroinhas de rubi nas pontas". Um monge! No fim daquele século, o papa Inocêncio IX proibiu decotes nas igrejas sob pena de excomunhão.

Cinquenta anos antes da Revolução Francesa, a literatura libertina soltou a língua dos escritores. Uma onda de sacanagem escrita, anti-clerical, filosofante e libertária percorreu a França. Então os braços rivalizavam com os seios na sedução, e tinham ambos de ser rechonchudos, mas o verdadeiro assunto eram as partes lá de baixo.

Na literatura erótica, os seios foram conquistando terreno ao passo que se valorizavam as preliminares pré-coito. Alzira, criatura de Bocage, conta em carta a Olinda a manipulação de seus peitos por Alcino: "Ao voluptuoso tato palpitante / Mais, e mais se arrijaram, de maneira / Que os lábios não podiam comprimi-los".

Os românticos, no início do século 19, valorizaram a paixão, o corpo, a carícia, os transes, as emoções amorosas, e com elas as atenções aos seios. A seguir, os dedos dos realistas e naturalistas capricharam ainda mais no toque. Mas os sutiãs sujeitaram-nos até os anos 1960, com breve intervalo no cinema de Hollywood dos anos 20/30, quando os seios das divas bambolearam soltos sob sedas e outros panos diáfanos.

Nos EUA, revistas como a *Playboy* começaram a derrubar as fortalezas que seguravam peitinhos e peitões. Em 64, Rudi Gernreich lançou o monoquíni, uma espécie de biquíni com dois suspensórios que cobriam os mamilos. Em 66, Yves Saint Laurent fez desfilar seios pelados sob panos transparentes. Em 68, feministas queimaram sutiãs nas ruas de Nova York. Daí para frente não foi mais possível impedir que o sol os dourasse.

A exibição dos seios levou a comparações, padrões, inveja. Surgiram as modernas técnicas cirúrgicas de correção, implante, redução.

Atualmente, transformado o seio em fetiche pelos homens e pelas próprias mulheres, multiplicou-se sua sensibilidade. Cargas poderosas de libido foram transferidas para lá. De simples glândula mamária do começo da civilização, evoluiu como ponto de intenso erotismo. Hoje há mulheres que chegam ao orgasmo numa sessão de esperta carícia nas partes altas.

As mulheres sabem do feitiço dos seios e todas têm gestos estudados para oferecê-los, negá-los ou tratá-los. Exemplos: ao debruçar-se, a mão que tapa o decote um segundinho após a revelação; o terceiro botão da camisa desabotoado; a toalha de banho com a ponta enfiada, ameaçando cair; a regatinha de seda sobre a gelatina trêmula; o riso com os ombros para a frente para permitir avaliação mais aprofundada, decote adentro; a cava da blusinha ou do vestido, permitindo ver até metade da delícia arredondada, mas negando aos olhos o ornamento final; o top solto na base, que oferece visões da atrevida curva de sustentação; a blusa colante, que desenha, que entrega todo o volume e nega a textura da pele; estômago para dentro, ombros para trás e perfil, ao menor sinal de bonitão no pedaço; no banho, a carícia arredondada da mão ensaboada; na hora do topless, oferecem o melhor ângulo ao aparecer fotógrafo.

 Os textos a seguir homenageiam a variedade e a beleza

Aqui, a melhor metáfora é o latifúndio. Desistam, aventureiros do MSP – Movimento dos Sem-Peito –, desistam de qualquer ação, pois um latifúndio destes nunca é devoluto ou improdutivo. Primeiro, porque é muito difícil achar um desocupado, vago, sem dono; depois, porque produz, sim, produz paixões e "ooohhhs". Deitado, derrama-se qual nebulosa. Na posição por cima, pendura-se como pesada fruta. Diferencia-se dos outros quanto ao uso, pois tem um a mais: como o peito das aves, este agasalha pintinhos... Diz Camões, "é melhor experimentá-lo que julgá-lo, mas julgue quem não pode experimentá-lo".

Esta não é iguaria para gulosos, fregueses de feijoada e macarronada. Mal enche uma taça rasa de champanha, não desperta volúpia nas ruas, não provoca em decotes. Mas nus, ah... Ah a graça tímida dos biquinhos em repouso, o enrugar-se súbito da pequena aréola ao leve toque, o elétrico empinar-se para a luta, a pronta resposta que os põe em riste!

Este é, talvez, a preferência nacional. Grande o bastante para enfeitar um decote, mas não para cair; pesado o suficiente para desenhar aquela elegante curva de sustentação; rijo o suficiente para não entornar; leve o bastante para dançar sob o cetim. Apanhá-los nas mãos, por trás, e sopesá-los, é avaliar um tesouro. Apossar-se de um par assim, moreno, branco, negro, rosado ou cor de canela deixa um homem maravilhado para o resto da vida.

"Você já viu negra nua, pescador?" -- diz um poema de Vinicius de Moraes -- "Tem uma roxura nos peitos". Mas não é só isso. A pele do colo negro é lisa, reluz; é acetinada, desliza; é uniforme, sem manchas. No meio da roxura, bico generoso que desperto se oferece. O seio negro se ressalta em panos branco, amarelo, verde-limão ou vermelho, mas é nu que ele desafia seus pares com maior atrevimento.

Não humilhes com orgulho juvenil, ó mocinha, outros seios mais obedientes à lei da gravidade. Os teus, refregas de amor hão de domar, antes que o tempo o faça. Hão de moldá-los ao peito chato dos amantes, à concha sôfrega da mão amorosa, aos dedos nervosos, à boca passeante... Aproveita este momento de esplendor, seduz e sacia, e pensa no que diz um homem que entende de mulheres e de vinhos: algumas mulheres são como o *beaujolais*; se guardar, estraga.

Nenhum é mais digno de devoção do que o peito experimentado em batalhas de amor, o seio macio da amante. Os encantos deste seio experiente são a docilidade, a maleabilidade, a disposição. Não joga, não faz doce, não tem tempo a perder: quando ele quer, ele quer e é já. Sua dona refinada gosta de ensinar aos mais jovens como tirar de quaisquer peitos os melhores gemidos. E geme ela na lição.

É preciso que alguma doçura suavize o peito musculoso viciado em halteres, que alguma entrega desligue esta máquina e ligue a fêmea. Em vez de trabalhar com pesos e aparelhos o músculo peitoral, mais o serrato anterior e o abdominal, que sustentam o seio, é melhor que ela o deixe se empinar por esperta mão e se enrijecer num berro de orgasmo.

Eis, modesto, o peitinho. Nada mais terno, mais queridinho, de róseo bico e graça infinita, medida exata da mão, ilustração de um velho ditado: tudo que não cabe na mão é demais. É a propósito de um destes, certamente, que um personagem de Dalton Trevisan diz: come alpiste na minha mão. Delicado como passarinho, cheinho e formoso como ele só. Não é efêmera a sua graça; se cuidado, dura anos e anos, para deleite de seu guardião.

Chamam-se aréolas estas escuras luas cheias que encastelam o bico e convidam o olhar. Algumas se alargam espaçosas, outras se comprimem resumidas; umas se colorem de tons de rosa, outras de marrom, de roxo; umas se nivelam ao peito, outras incham bojudas. Ninguém pode dizer que viu um peito se não viu aréola e mamilo, como ninguém pode dizer que conquistou um monte se não chegou ao pico.

O MONTE DE VÊNUS

jeito de uma garota arrumar os pelos pubianos pode sugerir um estilo de vida, traços da sua personalidade, desleixo ou capricho. Pelos que se espalham pela virilha e altos das coxas podem indicar que a garota ou é uma hippie tardia, ou não usa biquíni, ou tem um homem que se amarra em pelúcias, ou é uma feminista anti--depilação, ou uma radical da luta contrra "exigências colonizadoras machistas". Depilações radicais, que deixam sobrar só uma estreita faixa, tamanho de um bandaid, podem indicar que ela usa biquínis incríveis, ou trabalha como modelo de roupas íntimas para revistas de moda, ou é artista de shows, ou anda à procura de um cara amarradão no *design*. O assunto destas páginas é pelos, por isso não trataremos aqui das raspadinhas, completamente peladas. Venha, vamos olhar mais de perto essas caprichadas cabeleiras e brincar com palavras.

Debaixo dos caracóis dos teus cabelos, tanta história pra contar... Quanto mais espessa, mais segredos a mata guarda; quanto mais fechada, mais inexplorada parece, mais virgem. Quem saberá quantos bandeirantes abriram trilhas nesta mata? Quem saberá quantos viajantes beberam em suas fontes? Quem jamais saberá quantos se enredaram em seus liames, ou se perderam? Que fazer, se a metade do prazer de encontrar-se nesta mata é justamente o de perder-se?

Caprichosa mão, certamente amorosa (mesmo que tenha sido feminina, foi amorosa; pode ter sido até profissional, mas amorosa) compôs esta crespa simetria, decidiu onde deixar pelada ou manter peluda. Imagine-se, leitor, nesse delicado trabalho. Antes de ser desbastada, era preta de virilha a virilha. Oh que delícia demarcar com os olhos o contorno que a mancha terá, poder olhar diretamente, olhá-la toda, para saber até onde aparar. Nada impediria que sua mão, profissionalmente, claro, passeasse dedos pelos arredores, para calcular quanto tirar e qual o material necessário. "Até aqui?" - você perguntaria com voz tremulamente profissional e receberia a resposta cúmplice: "Mais pra dentro um pouquinho". Ao compor as linhas do simétrico desenho, ah o sádico prazer de torturar a vítima triangular com cera quente, enfeiá-la com a máscara pegajosa de cera, até lá em baixo, quase lá atrás, depois arrancar com novas crueldades a máscara torturante, levando com ela os pelos do sacrifício. E então, pronto o novo desenho, impossível não acariciar com as pontas dos dedos a área agora lisinha, como se limpasse, como se não fosse uma carícia, quase como um pedido de desculpas.

A de pelos louros é a menos acintosa, como um urso branco na neve, que nem por isso é menos mortífero. Sem contraste forte, o que mais atrai nesta penugem é o que ela deveria esconder, pois pouco segredo faz daquilo que guarda. É camuflagem que falha no principal, ou seja, esconder o que se procura, a perseguida. Mas vale a intenção. Embora de pouca serventia como guardiã, é valiosa como ornamento. É ouro em pelo.

É rara, em terras tropicais, essa taturana ruiva. Quem encontrar uma, verdadeira, deve tratá-la como raridade. Há cinco cuidados básicos para se conservar por mais tempo exemplares dessa espécie. Primeiro, tomar cuidado para ela não escapar, pois evadir-se é o natural das ruivas. Segundo, não deixar que a vejam, para evitar que seja roubada, porque se sabe: raridades despertam a cobiça. Terceiro, mantê-la sempre bem alimentada, não deixando faltar nada do que ela gosta, pois é gulosa. Quarto, não tentar domesticá-la, porque é bicho bravo. Quinto, jamais — jamais! — jogar água fria quando ela pegar fogo.

Não é adequado chamá-la de aranha. Nem delicado. Aranha pressupõe veneno, repulsa, é mais para alguém se afastar do que se achegar. Ela já tem tantos nomes, para que mais um? A melhor imagem seria um peito de negra pomba, o "pássaro espalmado no céu quase branco" de que fala Manuel Bandeira no poema *Água forte*. Esta exuberância, herança latina, turca, fenícia, cigana, mediterrânea, não foi feita para afastar ninguém, mas para acolher e agasalhar, como a negra penugem do peito de uma ave aquece seus pintinhos.

É cor de fera, leonina. As fulvas (que ninguém se perca por uma letra) sugerem sensualidade felina, a enganadora preguiça dos grandes gatos. Ela, como eles, em segundos, passa da absoluta imobilidade à prontidão para o ataque. Mas, ao contrário do deles, é um ataque manhoso, macio. O dicionário diz que fulvo é louro tostado. Que braseiros, que sóis tostaram sua lourice? Que Van Goghs carregaram nas tintas deste vértice?

Entreaberto botão, entrefechada rosa. Assim Machado de Assis definiu a menina-moça, idade em que começa a enfeitar-se de pelos a delicada fenda; ou, se não é enfeite, idade em que o pudor faz nascer o disfarce que começa a cobri-la. Mas é enganoso disfarce, pois quanto mais tapa mais chama a atenção. São, no começo, pelos sedosos e ralos; ficarão mais tarde crespos e fartos. Algumas, entretanto, raras, ficarão sempre assim, já adultas, cobertas de uma apenas delicada renda, teimosamente meninas.

Negros como as asas da graúna eram os cabelos e certamente os pelos de Iracema, que José de Alencar acariciou com a língua portuguesa. Tinha também lábios de mel. Que ninguém duvide, diante desta moderna Iracema, do negror legítimo de seus pelos nem de que o mel poreja de seus lábios secretos. Na nossa cultura, a cor preta sempre foi associada à noite com suas armadilhas, à morte com seu alfanje, à caverna com seus mistérios. Mas esta forquilha negra não mete medo, dela ninguém foge. Ao contrário, é perseguida, clamam por ela nas madrugadas: graúna, graúna, abre as asas sobre nós!

Mais parece um pé de coelho esta intumescida pelúcia. Faz pensar na dona, atarefada em acertar caprichosamente suas bordas mas com pena de desbastar o farto e formoso miolo. É uma dessas, aumentada pela crina, que se vê por aí recheando o triângulo de um biquíni como se fosse fofa almofada.

AOS PÉS

O que o príncipe queria da Cinderela não era a mão, eram os pezinhos. Procurou-os, sôfrego, de posse de um dos seus sapatinhos. Sem eles, caiu em depressão. Queria o outro pé do sapatinho, queria aqueles pezinhos - oh, divinos pezinhos! Mandou vasculhar todo o reino até encontrar a dona daquele sapatinho, cujo pé nenhum outro substituiria. Interpretado assim, este conto de fadas revela uma das mais antigas elaborações simbólicas do desejo fetichista.

No século 7º a. C., contava-se no Egito a história de uma cortesã de lindos pés, chamada Rodopis. Um dia, quando tomava banho em uma fonte, uma águia roubou sua sandália e levou-a para o faraó, que se apaixonou pelo seu perfume e pela delicadeza do pé. Mandou procurá-la por toda parte e se casou com ela. Foi a primeira Cinderela.

O escritor chinês ocidentalizado Lin Yu-tang escreveu sobre os pés enfaixados das chinesas: "De fato, essa deformação era, antes de tudo, de natureza sexual. Ela datava, sem dúvida nenhuma, das cortes dos reis libertinos." (...) "Os pés enfaixados representam a mais elevada sutileza sensual dos chineses. Além do andar feminino, o homem se pôs a adorar os pés pequenos, a admirá-los e a decantá-los, fazendo deles um fetiche de amor. As pantufas noturnas ocuparam um lugar importante em toda a poesia sensual." (*A China e os Chineses*, 1937.)

Autores famosos apaixonaram-se por pés. Restif de la Bretonne, autor libertino e cronista da Revolução Francesa, amante desbragado das mulheres do povo, tinha confessada obsessão por pés, excitava-se com sapatos. O romântico tardio Leopold von Sacher-Masoch, que morreu em 1895, começou quando criança sua famosa carreira de adorador de pés, beijando os da própria tia. Titia também deixava que ele visse escondido as homenagens de seus amantes aos seus pés e ao resto. Goethe, o sagrado Goethe, escreveu aos 64 anos (em 1813) para sua esposa, Cristiane Vulpius: "Mande-me o quanto antes seu último par de sapatos, aquele já gasto de tanto dançar de que me falou em sua última carta, para que eu possa ter novamente algo de seu para apertar". Outros, como W. B. Yates (1865-1939), são mais sutis: "Eu estendi meus sonhos sob teus pés / Pisa de leve já que pisas meus sonhos". Dostoievski, que era muito doido em matéria de sexo, escreveu em carta para sua jovem esposa, Anna: "Eu me ajoelho diante de ti e beijo teus pés muitas e inúmeras vezes. Penso nisso a cada minuto e me alegro". E em outra carta: "Sinto falta de beijar cada dedo do teu pé e verás que o farei".

O fetichista é atraído pela parte, não pelo todo: pés, seios, cabelos ruivos etc; ou por um sapato, um sutiã, um prendedor de cabelos, objetos que estiveram em contato com a parte que o fascina. Esta parte do corpo, ou um objeto que a representa, foi um estímulo sexual na infância e em algumas pessoas o estímulo permanece, explicam os freudianos. Que tipo de pessoas? Homens que descobriram muito cedo que as meninas não têm pinto, fantasiaram quando crianças que os pintos foram cortados porque elas brincaram muito com eles e esses homens guardaram no inconsciente o medo infantil da castração, o medo de que aquilo lá entre as pernas delas cortasse fora seu brinquedinho. Quando adultos, em vez de se excitar com aquela coisa lá, ainda mais que agora é cabeluda, mais misteriosa ainda, se excitam com outra parte do corpo, menos perigosa - o fetiche -, e o fetiche faz a mágica de levantar o antigo brinquedinho, agora brinquedão. Alivia o medo inicial. Quando há problema é porque alguns ficaram tão parados no fetiche, na parte, que não conseguem chegar ao todo e à xota. Ou têm tanto medo desta que não conseguem largar o pé, coxas acima.

Nos anos 70 entraram na moda uns livrinhos e adesivos e botões com as piadas dos pezinhos. Coisas assim: um par de pezinhos bem separados com os dedões para cima; no meio deles, um par de pés grandes com os dedões para baixo, e sob o desenho a legenda: "Querido, o teto está precisando de uma pintura." Ou assim: dois pezinhos grandes com dois pezinhos pequenos entre eles, cercados por seis pares de pezinhos pequenos, e abaixo deles a legenda: "Não, Branca de Neve, agora é a minha vez..."

A terapeuta de casais Sheiva Rocha, carioca, conta o caso de uma mulher casada que era virgem após 30 anos de casamento. O marido só se relacionava sexualmente com os pés dela, esfregando neles o pênis até chegar ao orgasmo.

Uma empresa fabricante de calçados, a Beira Rio, que produz 120 mil pares por dia, realiza uma pesquisa nacional para conhecer melhor o formato do pé da mulher brasileira. Resultados preliminares mostram que ele é mais curto e mais cheinho do que o delgado pé das europeias. Segundo a empresa, as fábricas brasileiras sempre trabalharam com padrões europeus.

Todo sadomasoquista tem sua queda por pés, mas nem todo apreciador de pés é sadomasô. Sacher-Masoch, o primeiro masô, faz seu personagem, Severino, lamber muito o pé de Wanda, a cruel, em *A Vênus das Peles*. O ritual SM atual segue a linha da adoração de pés.

O pé brasileiro está crescendo, revelou um levantamento feito no fim do século passado pelo Departamento de Ortopedia e Traumatologia da Faculdade de Medicina da USP. 20 anos antes, a mulher brasileira calçava entre 34 e 36. Na época da pesquisa, a média variava entre 36 e 38. Acompanhando o crescimento da altura média da população.

Antigamente a vida dos adoradores de pés era mais complicada. De umas décadas para cá, basta um clic, um toque e o objeto do desejo aparece.

Homenageando os pés e algumas de suas habilidades

Prende a prisioneira o prendedor, que do seu fascínio não escapa. Há cinco séculos Camões cantava: "esta cativa que me tem cativo", enamorado de uma escrava. Mistério: o prendedor prende-a para que não fuja, ou para prender-se? Porque como escapar dos encantos subjugados, como fugir à tentação de acariciar uma onça fora de combate, pés atados? Ele os prende com algemas para que a mulher desejada não arrede dali os pés, nem ele? E ela? É para tê-lo ali, fremente, que se deixa algemar?

Ninguém pode dizer, antes da hora apropriada, de que habilidades é capaz o pé de uma mulher. Nu, seduz. Calçado, intriga. Na cama, descansado das atividades principais – andar, correr, galgar –, multiplica-se em usos, surpreende em utilidades. Candice Bergen mostrou no começo da sua carreira que era capaz de escrever com o pé direito. Imagine o que não faria com os dois.

O desnudamento começa pelos pés: tirar os sapatos é o primeiro gesto da intimidade. Vem daí a sensualidade dos pés? O impulso de beijá-los? Na sequência, passam pelos pés as calças ou a saia ou o vestido, as meias. Chega a hora da última peça. É ela que enfeita os pés, ou são eles que a enriquecem com outras sugestões? Ela traz um pouco do onde esteve – perfume, umidade, vibrações – para o onde está. Aqui, proporções, articulações, cor, trato, gesto – tudo contribui para que a parada onde ela se demora um minuto antes de cair enriqueça ainda mais o que ela guardava.

Preciosa rampa, elegante arco, valioso peito, lapidados dedinhos, diamantinas unhas, polido calcanhar, áureas dimensões – um pé assim, tesouro!, só com joia se compara, só com palavras do mundo joalheiro se descreve. Cobri-lo de joias é redundância ou homenagem? O perfeito casamento: o das mulheres que gostam de joias com os homens que gostam de pés. Trocam arrepios: aquele provocado pelo colar que roça o seio vale aquele do pé roçando o peito dele.

Os pés são táteis, como as mãos. Sensíveis, testam o frio, o quente, o mole, o duro, o molhado, o seco, o áspero, o agradável, e esta informação põe em alerta todo o corpo. Tateiam protuberâncias, vales, fendas, e a dona previne-os para o caso de recuar ou de avançar. Tanto fogem de um caco de vidro ou de um espinho quanto se roçam demorados, hábeis, gostosos, sensuais, em algo peludo como um púbis.

Há pés brincalhões, que se divertem em amassos de glúteos, treinam beliscões, ensaiam acrobacias, ameaçam penetrações, afagam os murchos, imitam trejeitos de clown ou de mímico. São pés de mulheres divertidas, cabeças frescas, pés que na hora do recreio só se retesam quando suas donas urram de prazer. Maleáveis, flexíveis, esguios como as belas de que fazem parte, não são os preferidos dos que levam muito a sério a idolatria dos pés: querem mais é brincar, fingir.

Nas religiões, o cerimonial de lavar os pés significa purificação do corpo e do espírito. No amor, desde a Antiguidade, significa preparação, também do corpo e do espírito. Qualquer que seja o sentido deste ato, feliz o dono dos passos deste pé, de cada intervalo destes dedos, de cada gargalhada nervosa arrancada pelo passear da língua em sua tenra geografia.

Por que os sapatos dos homens são fechados e os das mulheres são abertos, devassados? Por que alguns, em tiras, enroscam-se nos pés, enleiam-se nas pernas como serpentes? (Serpentes, saibam, são representações antigas do sexo dos homens.) Por que algumas botas femininas vestem pés e pernas deslizando como camisinhas sobre glande e haste? É que são homens que desenham as botas, são eles que querem vê-las repetir simbolicamente o gesto das alcovas, ou querem desnudá-las, ou escalar suas pernas.

Criança, se diz, tem atração por pés. Ela beija o próprio pé, chupa o dedão, em contorcionismo prazenteiro. Pais e mães esfregam seus pezinhos no rosto, no nariz, riem, fazem festas. É tudo agradável, alegre, inocente. Algumas mulheres conservam pela vida afora estas sensações de delícia quando alguém manipula seus pés e revivem aquele prazer da infância, entregam-se, dóceis, molhadas, à antiga carícia.

conto

Lindo lindo

                    om extrema delicadeza Maurício K. entreabriu as pernas da moça nua, movimento que ela, adormecida, facilitou mole, pesada, sem vontade. A abertura não era suficiente. Carregou uma coxa com as duas mãos, manteve-a afastada, e com a mão direita amanhou dois travesseiros entre os joelhos dela. Pôde, então, olhar à vontade. O tufo era negro e precipitava-se colina abaixo. Denso, encobria a vereda, que apenas se adivinhava. Lindo lindo, murmurou bem baixinho, temendo que ela pudesse acordar, como se fosse possível. Passou os dedos delicadamente sobre o triângulo, ajeitando os pelos, dos lados para o centro. Os pelos armaram-se como de taturana enfezada. Apanhou o pente na mesinha de cabeceira e penteou-a o mais alto que pôde, em movimentos que vinham retos e depois faziam uma curvazinha para o alto. Recuperou entre os lábios alguns fios fugidios. Deixou o pente na mesinha e pegou a tesoura que brilhava criminosa sob o abajur. Se a moça acordasse teria de matá-la, mentiu, como sempre mentia na hora furtiva, dividido entre a ousadia e o medo. Apanhou na mesinha um invólucro de plástico transparente do tamanho de um cartão de visitas e colocou-o sobre a barriga dela. Segurou o tosão entre os dedos indicador e médio da mão esquerda, como um cabeleireiro, e cortou-o rente com a tesoura. Guardou o tufo cuidadosamente no envelope de plástico e voltou à tosa. Aparou o alto da colina, guardando cada fio, depois desceu a tesoura pela encosta, atento para não beliscar com ela o mandruvá delicado. Agora se viam, claramente, as duas metades. Não gostava muito quando as via assim, pelo menos não tanto quanto gostava delas peludas. Terminada a coleta, colou atrás do envelope de plástico uma etiqueta adesiva, escreveu Cida, 29 anos, agente de viagem, morena, brasileira, janeiro de 1993, pretos, doadora adormecida. Guardou tudo numa gaveta, deitou-se ao lado dela e dormiu. Queria acordar junto com ela para, no caso de indignação, explicar-se docemente e evitar ressentimentos.

Quando criança, Maurício K. colecionava figurinhas de futebol da Copa de 1958, fotos de artistas de cinema, bolinhas de gude, cartelas de fósforos, conchas, folhas que desidratava entre páginas de livros. Agora, colecionava pelos. Havia 20 anos que colecionava pelos pubianos femininos.

A coleção tomava a melhor parte da trabalhosa vida de Maurício. Como todo colecionador, organizar era a segunda melhor parte daquela melhor parte de sua vida, só perdendo mesmo para a verdadeiramente melhor parte, que era o delicado e excitante momento de obter um novo exemplar. Cada novo exemplar exigia às vezes a reorganização de toda a coleção. No princípio não tinha ordem: jogava os envelopezinhos numa gaveta e olhava-os de vez em quando. Sentiu a necessidade de pôr alguma ordem na coleção quando chegou a 40 exemplares. Arrumando-a poderia apreciar melhor, pensou, lembrar melhor.

Começou a organizar os pelinhos pelo que mais o atraía então: a textura. Do mais encaracolado para o mais liso. A arrumação trouxe algumas surpresas. O mais crespo não era o de uma negra, nem o mais sedoso era o de uma loura. O crespinho (de Laura, 27 anos, ruiva, talvez judia, agosto de 1975, doadora voluntária excitada) era curto, enroladinho, duro, lembrava molas de relógios de pulso antigos, guardadas num envelope por um relojoeiro caprichoso. O mais sedoso (de Myriam, 43 anos, morena, canadense, outubro de 1988, doadora voluntária relutante) era acinzentado, longo e liso como franja de bebê.

Com o tempo Maurício considerou essa classificação pobre porque a variação de crespo a sedoso não se mostrou muito grande e ficavam de lado aspectos muito interessantes, como espessura, cor, tom, comprimento, fartura.

Tentou comprimento. Que trabalheira e oh que secreto prazer foi medir, exemplar por exemplar. Com uma pinça cirúrgica fixava a ponta de um pelinho, e com uma pinça comum esticava-o sobre uma régua branca e anotava a medida. O maior pelo de uma doadora dava-lhe o status: cinco centímetros, sete e meio, oito, nove. O recorde, de onze vírgula dois centímetros (de Alzira, 36 anos, castanha, brasileira, secretária, Ano Novo de 1977, doadora relutante em prantos) nunca foi batido enquanto Maurício pesquisou esse item, até o ano de 84. Com o tempo já media direto na fonte, como uma brincadeira erótica: reguazinha, dedos ágeis esticando pelos sobre números e tracinhos. Parou porque por mais que o divertisse medir sabia que esse dado era apenas circunstancial, pois grande número de mulheres aparava os pelos. Depilavam-se também, o que tornava o índice de fartura inexato e irrelevante. Só anotava o item quando encontrava algo surpreendente, como Rute, 38 anos, morena, brasileira, empresária, agosto de 1982, doadora adormecida, "imberbe", três fios longos de oito vírgula dois centímetros, lisos; ou como Luíza, 26 anos, morena, portuguesa, comerciante, novembro de 1983, "hirsuta" ele anotou, prometendo-se procurar palavra menos feia para lembrar a excitante fartura, que só pôde acomodar em dois envelopezinhos estufados de tão cheios.

Decidiu-se, afinal, classificá-los por uma combinação de dois fatores: cor e textura. Arrumou a coleção, já então beirando 200 exemplares, segundo matizes que iam do louro ao negro, subdividindo cada cor em grupos de textura que iam do crespo ao sedoso. Com rigor de poeta, Maurício procurou nomear cada tonalidade, atento à luz, sombra e reflexos: amarelo-ouro, amarelo-sol, mel, fulvo, ruivo, ruivo-espiga-de-milho, vermelho, vinho, cobre, castanho, bronze, marrom, café, preto, preto-pantera, negro, tordilho, cinza. Os que já haviam sido classificados pelo comprimento continuaram com a inscrição, como curiosidade, mas foram reposicionados pela nova metodologia. Anotava a cor dos cabelos quando surpreendia contradições: loura com pelos pretos, como Soraia, 27 anos, brasileira, prostituta, doadora paga; ou morena com pelos ruivos, como Margaret, 36 anos, inglesa, garçonete, doadora paga, nove e meio centímetros.

Maurício K., ainda adormecido ao lado de Cida, 29 anos, agente de viagem, morena, brasileira etc., manteve esse método de classificação desde o ano de 1984. Tem classificados 815 envelopes, com pelos coletados pessoalmente ao longo de 20 anos, acomodados em dez grossas pastas de dez folhas, cada folha trazendo colados nove envelopes plásticos, trancadas a chave em quatro gavetas de um arquivo de aço. O sonho de Maurício durante algum tempo foi decorar com os envelopes recheados todas as paredes da sala de trabalho. Desistiu porque isso iria escancarar sua vida secreta.

Maurício K. teve uma infância normal de menino de bairro paulistano: jogava futebol, detestava nata no leite, tirava más notas em matemática, escondia fotos de mulheres peladas, adorava sair com o pai, colecionava pequenas coisas, tinha medo das meninas. Não sabia se era medo. Ou que era medo.

Passava algumas férias na fazenda do tio. Não havia privada dentro da casa. Xixi se fazia no penico que ficava debaixo da cama. Um dia – inesquecível, perturbador pela vida inteira – estava escondido debaixo da cama da tia Liselotte durante uma brincadeira de pique-esconde com os primos e ouviu passos, viu pés, canelas, alguém entrou no quarto, se agachou, a tia!, aproximou o urinol, afastou a calcinha, e um jato dourado saiu de algum lugar daquele negror a dois palmos dos seus olhos e retiniu no vaso.

O menino Maurício K. era bom em ciências, plantas, células, respiração, corpo humano. Durante quatro meses cuidou de um pé de milho no quintal, desenhando cada fase em caprichadas cores, o que encantou a professora, a mãe, o pai. Quando colheu a gorda espiga, abriu com os dedos polegares um buraco alongado na capa verde que a envolvia. Cabelos ruivos derramaram-se para fora envolvendo suas mãos numa carícia fresca e úmida. Pela primeira vez Maurício teve consciência de uma ereção provocada por algo fora dele.

No começo da adolescência Maurício K. não percebia, ou percebia e abafava, ou percebia e não deixava perceberem, que algumas palavras o tocavam de maneira diferente, brilhavam como estrelas cadentes na constelação de uma conversa. Ouvi-las provocava-lhe um fugaz momento de perturbação. Palavras como penugem. Pelúcia. Pelinho. Peluda. Cabeluda. Buço. Gaforinha. Crespo. Crespinho. Cabelinho. Mata virgem. Contrapelo. Cabelinho enrolado. Cabeleira. Púbis, pente, pentelho. Juba. Pelagem. Pelo. Até pelourinho.

Maurício K. não pôde senão aos 17 anos tocar em uma xota de verdade. Uma pequena decepção por vê-la meio tosada, nada parecida com a coisa preta vista na infância. Isso dissolveu o medo e o alumbramento. Antes, no cinema, com carteirinha falsificada de 18 anos, havia se maravilhado com a rápida mancha de Norma Bengell em *Os cafajestes*. Já maior, viu, reviu, extasiou-se com a densa, negra, vasta, despudorada generosidade do púbis de Maria Schneider em *O último tango em Paris*. Em revistas, filmes, pinturas, poemas, romances, procurava referências, comparações, almas gêmeas. Começou a desenhar mulheres. Hoje, Maurício K., ainda adormecido ao lado de Cida, 29 anos, agente de viagem, morena etc., é desenhista, tem uma pequena firma de story-board, desenha produções para videoclipes, cinema, agências de propaganda.

Nos tempos da universidade, as moças gostavam do jeito carinhoso de o jovem Maurício K. penteá-las, lá, com os dedos, de arrumar e desarrumar seus pelinhos com um pente. Márcia, uma colega de faculdade, disse que esse enlevo deixava-a com a estranha sensação de que ele a traía com uma parte de si mesma. Maurício K. abandonou o curso de Letras no terceiro ano e passou a desenhar em uma agência de publicidade. As palavras de Márcia quando ele anunciou que ia abandonar o curso: não quero te ver mais. Quando ele deixou o curso: vou te dar uma lembrança. Quando ele abriu o envelope: para você não se esquecer de mim. Junto com o bilhete, um tufo de cabelinhos encaracolados.

Somente dois anos depois, absorvido, fruindo um emaranhado de pelos e seu perfume, Maurício K. ouviu a frase inspiradora, aquela que lhe deu a ideia de uma coleção: quer uma amostra? Brincou: grátis? Galanteadora: pra você, é... Ousado: quero tudo. Assustada: que é isso? Dominador: eu pago. Precisada: mesmo? Dominador: eu que vou cortar. Submissa: tá bom. Apressado: tem tesourinha? Excitada: tenho, tenho...

Maurício K. tosou pessoalmente o conteúdo de 815 envelopezinhos, entre os seus 25 e 43 anos, e agora dorme descuidado ao lado de Cida, 29 anos, agente de viagem etc. Apenas duas vezes havia repetido a doadora, por curiosidade, e não encontrou diferença notável no caso de Teresa III, aos 23 e aos 32 anos, cabeça loura na primeira vez e castanha na segunda, brasileira, doadora argentária, arquivada entre os fulvos nas duas ocasiões. Já Liselotte, arquivada como morena, pelos preto-pantera aos 40 anos, mudou aos 56 anos para cabeça ruiva, pelinhos ruivos, igual quanto ao resto: fazendeira, casada, doadora dócil.

Não havia, antes de Cida, nenhuma doadora de 29 anos. Mistério: nenhuma. Entre doadoras de 14 a 62 anos, só faltava uma de 29. Era a figurinha difícil da coleção. De 27 anos tinha 45 exemplares: a figurinha fácil. Um pesquisador apressado poderia concluir: aos 27 anos as mulheres tendem mais facilmente a doar seus pelos. Maurício preferia a superstição: jogava o número 29 no bicho, na loto, na sena e na loteria com a esperança de que fosse um sinal. Nada. Quase dois anos depois de constatado esse mistério, começou a acreditar que o sinal apontava não para um número de sorte no jogo, mas para uma mulher especial.

Maurício K. sabia: sua coleção não era segredo que pudesse dividir. Por isso não se casara nem se juntara. Preferia a emoção de conquistar mais um exemplar, o nervosismo na hora de tocar no assunto com a potencial doadora, o embaraço diante da pergunta "para quê?", a habilidade de tornar dóceis as relutantes, o recurso furtivo ao entorpecente com as relutantes invencíveis, classificadas depois como doadoras adormecidas. Muitas vezes tivera de alongar o namoro por semanas, até conseguir o brinde e perder o interesse. Na fase mais obsessiva, colhia dois, três tufos por semana, com prostitutas. Ao chegar perto dos 40 anos perdeu a sofreguidão, passou a buscar mais qualidade e raridades. Tornou-se gentil e charmoso na conquista de suas peças.

Maurício K. ficou paralisado pela perspectiva que se abriu de repente quando a agente de viagens revelou casual: pois eu tenho 29 anos e nunca fui a Londres. Emocionado: 29? Satisfeita: fiz ontem. Louco: quer casar comigo? Séria, mas gentil: sou casada. Fatal, sério: 29 é o meu número de sorte, temos de nos casar neste ano.

Durante todo o ano Maurício K. foi insistente com Cida, charmoso, insinuante, gentil, engraçado, teimoso, delicado, comprador de flores, sussurrante, louco, sensato, presenteador, gourmet, dançarino, culto, desenvolto, tímido, entrão, respeitoso, quieto, inquieto, meloso, leitor de suplementos de turismo, galanteador, ciumento, contador de piada, poeta, descobridor de restaurantes, chantagista, infeliz, generoso, erótico, até que Cida, 29 anos, agente de viagem etc., disse: só vou pra cama se você se casar comigo e me levar a Londres. Havia mentido antes, não era casada, estava terminando uma relação complicada e desconfiava dos homens. No dia em que disse aquilo, faltava um mês para ela fazer 30 anos.

Nesse mês Maurício K. correu do juiz ao padre, acelerou as cerimônias, avisou pais e mães, recuou várias vezes na hora de revelar a Cida sua atividade secreta, mudou a cara do apartamento, convidou apenas amigos íntimos para a cerimônia do casamento, comprou duas passagens para as férias em Londres e se casaram na véspera do dia em que ela deixaria de ter 29 anos. À noite, no quarto, perturbado pela falta de tempo para explicar tudo, Maurício botou entorpecente no champanha da noiva e furtou seus pelos. Deitado ao lado de Cida, Maurício espera seu despertar e considera a hipótese negra de uma crise na noite de núpcias: falso, me enganou, tarado, eu quero minha mãe. Olhando a polpuda vulva desbastada resolveu que não mentiria, começaria direito seu casamento. Entendeu, então, que a amava.

Eu cortei seus pelinhos, ele disse o mais suave que pôde, depois de cantar parabéns pra você, quando ela abriu os olhos. Cida conferiu rápido e suspeitou que alguma coisa excitante acontecera enquanto dormia, exposta. Cortou por quê? Não gostou deles?, ela perguntou charmosa, querendo ainda aproveitar o que quer que tivesse acontecido, aproveitar o excitante restinho do que tivesse acontecido. Gostei, gostei tanto que guardei e vou carregar no bolso para todo lugar, disse ele. Eu vou ao banheiro, disse ela, perturbada pelo golpe daquele ataque matinal. Fugia, um pouco por necessidade de algum xixi ou de escovar os dentes, um pouco para ganhar tempo, preparar o contra-ataque, algo que a colocasse no mesmo nível sem ter de dizer olha eu também sou muito doida. Foram os últimos pelinhos que eu cortei, ele disse quando ela voltou, e já cortei pelinhos de 815 mulheres, completou antes que ela pudesse dizer qualquer coisa. Que é isso, é brincadeira?, ela perguntou assustada. É uma confissão, ele disse, com a confiança de quem espera ser absolvido.

Maurício K. mostrou sua coleção pela primeira vez naqueles 20 anos, com culpa. Conversaram da manhã à noite sobre a loucura dele, até gastarem seu poder irracional e compreenderem o que havia por trás, mascarado como molecagem de homem. Até chegarem ao esqueleto da verdade: ao medo do mistério do sexo da mulher.

Ele prometeu destruir a coleção e se amaram pela primeira vez.

Maurício K. falara a verdade: foram de Cida os últimos pelinhos que cortou e trazia-os sempre no bolso. Mas cumpriu e não cumpriu sua promessa. Destruiu a coleção, mas não se desfez inteiramente dela. Juntou o conteúdo dos 815 envelopes, mandou fazer um travesseirinho e adormece todas as noites sobre os troféus emaranhados de suas loucuras passadas.

Sobre este livro

O material deste *Sex Shop*, excetuando o que chamei livremente de poemas, foi escrito por sugestão e às vezes por encomenda de algumas revistas chamadas pejorativamente de "revistas de mulher pelada", naqueles anos 80 e 90. Várias mantinham um padrão jornalístico e literário alto, especialmente a *Playboy*, com a qual colaborei mais regularmente. Saíram lá os contos *Lindo lindo* (então com o nome de *Pelos*) e *Doutor Gabriel, 10 anos* (então intitulado *Doutor Gabriel, 10 anos, ginecologista*). O outro conto deste volume, *A coisa e o coisa*, é inédito. Inéditos são também os *Poeminhas safados*. Os artigos e pequenos ensaios reunidos sob o mote "pensando no assunto" foram na maioria publicados na *Playboy* e alguma coisa na *VIP* (que não era revista de mulher pelada), na *Penthouse* e um no jornal *O Tempo*. O material enfeixado sob o rótulo "endereços do desejo" foi escrito para acariciar fotografias, todo ele publicado em edições da *Playboy*. Alguns textos passaram por respeitosa atualização, que não lhes tira o espírito anticonservador da época.

SEX SHOP

© Ivan Angelo, 2021

Rodrigo de Faria e Silva • editor
Carol Costa e Silva • revisão
Raquel Matsushita • projeto gráfico e capa
Entrelinha Design • diagramação
Desenhos: Abecedário erótico de Joseph Apoux
(1846-1910), publicado em cerca de 1880.

Dados Internacionais de Catalogação na Publicação (CIP)

Angelo, Ivan;
    Sex Shop / Ivan Angelo, – São Paulo: Faria e Silva Editora, 2021.
148 p.

    ISBN 978-65-89573-49-4

1. Literatura Brasileira 2. Poesia brasileira 3. Conto brasileiro 4. Ensaio brasileiro

CDD B869
CDD B869.1
CDD B869.3
CDD B869.4

www.fariaesilva.com.br
Rua Oliveira Dias, 330
01433-030 São Paulo, SP

 Este livro foi composto com as tipografias Bembo, Caslon Open Face e Caxton, no estúdio Entrelinha Design, impresso em papel offset 90g/m², em setembro de 2021.